心理操控术

A Study of the Popular Mind

政界领袖、商界精英操控大众心理的真相

［法］古斯塔夫·勒庞◎著
周婷◎译

新世界出版社
NEW WORLD PRESS

图书在版编目 (CIP) 数据

心理操控术 / [法] 勒庞著 ; 周婷译 . —北京 : 新世界出版社, 2009.9

书名原文 :The Crowd:A Study of the Popular Mind

ISBN 978-7-5104-0594-5

I. 心… II. ①勒…②周… III. 群众心理学—研究 IV. C912.64

中国版本图书馆 CIP 数据核字 (2009) 第 172093 号

心理操控术

作　　者 : [法] 古斯塔夫 · 勒庞
译　　者 : 周　婷
责任编辑 : 余守斌　邓东文
责任印制 : 李一鸣　黄厚清
出版发行 : 新世界出版社
社　　址 : 北京西城区百万庄大街 24 号 (100037)
发行部电话 : (010) 6899 5968　(010) 6899 8733 (传真)
总编室电话 : (010) 6899 5424　(010) 6832 6679 (传真)
本社中文网址 : http://www.nwp.cn
本社英文网址 : http://www.newworld-press.com
版权部电话 : +8610 6899 6306
版权部电子信箱 : frank@nwp.com.cn
印　　刷 : 北京华戈印务有限公司
经　　销 : 新华书店
开　　本 : 720 × 1020　1/16
字　　数 : 200 千字　　印　　张 : 13.75
版　　次 : 2009 年 10 月第 1 版　2009 年 10 月第 1 次印刷
书　　号 : ISBN 978-7-5104-0594-5
定　　价 : 28.00 元

出版说明

《心理操控术》是法国社会心理学家、社会学家、群体心理学的创始人勒庞在19世纪与20世纪之交写下的一系列心理学著作中最受读者欢迎的一本，自1895年出版以来，几乎每年都会再版一次，截止到20世纪20年代初，已刊印近30次。一个世纪过去了，此书依旧被世人视为社会学经典之作，并被翻译成了20余种语言。逆向投资大师James Fraser曾把它选为十本最经典的投资书籍。

本书在1895年出版时名为《Gustave Le Bon，Psychologie des Foules》，在之后众多的版本中广为流传的是英译本《The Crowd：A Study of the Popular Mind》，本书根据Boomer Books出版社英译本翻译而来。冯克利先生曾把本书译为《乌合之众——大众心理研究》，我们基于中国读者阅读习惯的考虑，将书名译为《心理操控术》，特此说明。

读者热评

勒庞的《心理操控术》是一本当之无愧的名著，它极为精致地描述了集体心态。

——心理学大师 弗洛伊德

心理学领域已经写出的著作中，最有影响者，非勒庞的《心理操控术》莫属。

——社会心理学大师 奥尔波特

勒庞的这本书具有持久的影响力，是群体行为的研究者不可不读的文献。

——社会学大师 默顿

乌合之众就是大家都跟着赶潮流。可以看到从买房子到买车，每年都说流行什么时尚，以前叫酷，今天叫炫，还有叫 IN，各种各样的说法，制造一种潮流。一旦被卷进去之后，人在潮流里的智商只有平时的 5% 不到。正常人是有辨别理由的，潮流里的人是没有理由的。就连在危机时期都是有潮流的。每个人都进股市的时候，是不该进的，但你发现就是有人要进。其他人都进，我不进不太正常。结果证明，那个时候进股市的都不正常。现在股市基本到底的时候，你发现没有人进了，正常人都没有进。这种行为就是乌合之众，无论是炒股还是不炒股的时候。现在到了危机时期，我们需要创业，创业不在于找乌合之众。做一个企业也好，搞一个社区活动也好，要能够抓住那个张罗事的人和那些积极分子，就会有看热闹的人支持你。

——袁岳

勒庞勾勒出群体的思维模式（如各种毫无逻辑联系的形象化思考）、推理模式（事实上他们从不推理）、夸张情感的表达方式，以及他们总是毫无计划的冲动行事、极端保守和偏狭的特征。它让我们记住，千万不能低估愚蠢群体的力量。

——Zonaras

此书是市场上为数不多的敢于如此赤裸地分析大众心理的书，有野心的人可以看，没野心的人也要看，它可以让你在群体中保持冷静，在关键时刻保全自己。

——liboliu

这本书可谓研究人类学的经典，几十年来经久不衰。后来的希特勒不正印证了勒庞的观点嘛！

——控爷

作者以哲人的眼光看到了人群的弱点，从而推开了大众心理学殿堂之门。不必苛求，作者的一系列小小的瑕疵并不影响这本书的光芒，毕竟，殿堂里面是什么得要我们自己去寻找。

——hiarcs

如果你希望对群体心理有所了解，如果你想知道政客如何通过演讲愚弄大众，可以看看此书。

——challenge2001

网络时代的到来，使得更多的平民有了表达自己意见的权利，这时候网友们互相表达意见、互相暗示、互相煽动，更应该看看这本大众心理研究，那么你对“抵制家乐福事件”“范跑跑”事件的认识会更加的透彻。2008年于中国、于心理学、于社会学都是值得研究的一年，在这还没有结束的年份发生太多值得深思和探究的群体事件，而从雪灾、地震、奥运、股疯等众多事件中折射出的群体心理在此书中可得到一一的比对，从而也解答了诸多盘旋心头百思不解的困惑。

——天地英雄 2008

在放羊的时候，羊儿看不到羊群，每一只羊只知道吃草，睡觉。它们似乎更像是分子运动一样杂乱无章。实际上在熟知羊群的人看来，羊群是有其特性的，所以赶羊并不需要在每只羊身上都拴上绳子，头羊决定着羊群的行动与决策。人群有时也与羊群一样。

——freewon

经典就是经典！ 一直觉得现在很多东西都太匆匆，昨天还流行的，今天就变的“落伍”。在这个充斥着网络小说、一夜成名，然后瞬间被遗忘的年代，太需要经典了。

——tinky_14

虽然勒庞的观点略显悲观并且缺少充足的理论支撑，但是无可否认这是一本伟大的著作。后世的杜威，李普曼在社会学、传播学的研究方向上都借助了勒庞的观点——群众个体是分散的，集合的群众就会丧失理性。

——看书看到眼抽筋

勒庞的扛鼎之作，果然是相当经典，不仅只是一本学术著作，我觉得对我们现实生活也有很大帮助，对照中国发生的很多事情，都可以在书里面找到印证。

——will2power

勒庞在书中对于群众心理分析的观点，妄想通过此文来完全转述可谓难之又难，尤其是在读此书过程中联想到诸多社会现状，其引发的思考更非本文所能承受的。这里可以举例而言，例如股市问题，即涉及群众的无理性；海选问题，涉及群众易受情感调动；政治问题，涉及群众的暴力与盲目；种族冲突，涉及群众的种族因素；法制问题，涉及群体对权力的盲目利用；宗教问题，涉及群众的道德与传统，等等。所以，将此书归为社会学入门书是很学术的划分方式，而那些试图涉足政治的恐怕从此书中所得要远远比从《君主论》中所得的多。

——flashcute

今天的我们，回头去看二战中德国人的残忍疯狂，会觉得不可思议。看了这本书，我们会了解个人融入群体后的心理变化轨迹。书中的观点不一定全对，但对于个人在群体中如何尽量保持一定的清醒度、保持独立思考能力，是很有借鉴和启发的。

——姜方

学习了乌合之众，我们知道了金融市场是一个群体行为。我们传统经济学的一个标准假设是人的行为是理性的。可我们知道股票市场是由人组成的，而且还不是几个人而是几千万人，而群体特征明确无误告诉我们群体经常会表现出非理性行为。任何一个人，作为个体来看，都是理性的，但面对一个几千万人所组成的市场，面对同一个事件时人们会对这个事件有怎么样的反应？历史上的股市大崩盘（08 年的石油期货）也许会是个很好借鉴，这个例子本身也比较特殊，但市场确实经常存在非理性，不然也不会有游资这样一个投资行为。长期来看，股票价格反映的是对未来收益流折现的价值，而另一方面，短期的波段可能反映的是供求关系的小幅变化，而这种供求变化也不是可预测的。所以我觉得也许可以用杰拉尔德·洛布的话来表达：影响证券市场的最重要因素就是人的心理。

——billtxj@***.***

前言

这部作品详细描述了多种群体的特征。

遗传赋予种族中个体所有的共同特征构成了种族特征。然而，当一定数量的个体为了某项行动聚集成群时，仅仅从他们群聚这一事实我们就会发现，除原有的种族特征之外会出现某些新的心理特征，有时两者差异相当大。

在各民族生活中，组织化群体一直扮演着重要的角色，然而从未有如现在这般重要。当代的主要特征之一就是群体无意识行为取代个体有意识行为。

我竭力通过完全科学的方法来考察群体带来的难题，这种科学的方法不受各种观点、理论和学说的影响，而是需要不断地在方法上下工夫。我相信这是发现真理的唯一方法，尤其在这个莫衷一是的问题上，情况更是如此。

决心证实某种现象的科学家是不会考虑自己证实的结果会触动到谁的利益的。著名的思想家高布利特·德阿尔维耶拉（Goblet d'Alviela）曾在最近一本著作中表示，不属于当代任何学派的他，偶尔会发现自己的意见与各学派意见相对立。我希望自己的这部新作亦能获此评价。属于某个学派必然会拥护该派的偏见与先入为主的观点。

在这里我还是应该解释一下，读者对我的结论可能一开始无法接受的原因。例如，尽管我指出包括精英人士在内的群体心理都极端低劣之后，却仍然断定干涉他们的组织是危险的。

原因在于，对历史最仔细的观察一致表明：社会组织与所有生命体一样复杂，我们绝没有能力使它们在顷刻之间发生深刻的变化。大自然有时会用一些使其发生变化的根本的方法，但绝不是我们这一套。这说明对民族而言，最致命的弱点莫过于对重大变革的热衷，无论这些变革理论上有多么美好。当然，只有当变革能使民族特征即刻发生变化，它的这种价值才会体现出来。然而，只有时间具备这种变革性的力量。

人类受各种思想、观念和传统习惯的支配——这些对我们极其重要。制度与法律是我们特征的外在表现，反映我们的需求。作为种族特征的产物，制度与法律不可能改变这种特征。

社会现象的研究与产生这些现象的民族研究是分不开的。从哲学意义上讲，这些现象可能具有绝对价值，但实际上，它们却仅具有相对价值。

因此，在研究某一社会现象时，必须从两个不同的方面依次进行考虑。我们会看到纯理性学说常常与实用理性学说背道而驰，这一特征几乎在所有资料中都可发现，甚至物理学资料也不例外。从绝对真理的角度看，一个立方体或一个圆是由一定公式严格定义的不变几何图形；从印象的角度看，这些几何图形在我们眼中会呈现出各种形状；从透视的角度看，立方体可以变成锥形或正方形，圆也可变为椭圆或直线。但是，对这些虚构形状的思考远比对它们真实形状的思考更有意义。

因为正是我们看见的这些形状，也只有这些形状，能在摄像或照片中加以重现。有时候不真实的东西会比真实的东西包含的真理更丰富。如果人们按照物体确切的几何形状呈现它们,可能会歪曲其特性,从而使其变得不可认。设想一下,如果世界上的居民只能复制或翻拍物体,而无法接触它们,那么他们就很难对物体的形状形成一个准确的概念。如果有关这种物体形状的知识只被少数知识分子了解,那么它的存在也就没有多少意义了。

研究社会现象的哲学家应当记住:这些现象不仅具有理论价值还具有实践价值,而且就文明的发展而言,只有实践价值才具有重要意义。认识到这一点后,他们会更加谨慎地对待那些最初强加于他们的逻辑结论。

还有其他一些原因促使他们保持如此谨慎的态度。社会现象如此复杂,根本不可能完全掌握并预见它们相互影响产生的后果。在可见的现象背后,有时似乎还隐藏着千种暗藏的原因。可见的社会现象似乎是巨大、无意识运行机制的结果,而这一运行机制通常是我们无法掌握的,即使是那些可认知的现象也有如波浪,它们只是隐藏在海底深处、我们一无所知的湍流表象。

就群体大多数行为而言,他们会表现出一种令人无法理解的低劣心理,而在另外一些行为中,他们似乎受着某种神秘力量的支配,古人称之为命运、自然或天意,我们称之为灵魂之声。虽然我们无视它的本质,却不能忽视它的威力。在民族内心深处,似乎总是会有一种潜在的力量指引着他们。

例如,有什么能比语言更复杂、更富逻辑、更奇妙的呢?如果不是群体无意识特征的产物,这令人称赞的组织化产物又是从何而来?最有学识的专家、最具威望的语法学家也只能是指出支配语言的规律,而绝不可能创造出这种规律。甚至伟人的思想,我们能肯定那完全是他们头脑的产物吗?毫无疑问,这些思想是在独立的头脑中产生的,但是,难道不是群体特征提供了成千上万颗尘土,形成了它们生长的土壤吗?

无疑,群体总是无意识的,但或许正是这种无意识是使他们拥有巨大力量的秘密之一。自然界中完全受本能支配的动物做出的一些行为,其神奇的复杂性常常令我们目瞪口呆。理性是较为晚近的人类才具有的属性,而且尚未达到可以揭示无意识规律的完美程度，要想达到这种程度仍需更多时日。无意识往往能够支配我们的行为，而理性却不能。无意识作为一种鲜为人知的力量将继续对我的行为起着作用。

如果愿意，我们可以一直待在狭小而安全的范围内，在这里我们可以通过科学获得知识，不必徘徊在模糊猜想与无用假设之间，我们要做的事情只是留心观察我们接触到的现象并对这些现象做出思考。一般情况下，我们通过观察得出的结论都是不成熟的，因为在这些我们清楚看到的现象背后，有一些是我们只能隐约看见的现象，而在隐约看到的现象背后还有一些是我们根本无法看见的现象。

推荐序

令人匪夷所思的《心理操控术》

美国的实验心理学创始人、社会心理学家高尔顿·威拉德·奥尔波特(Gordon Willard Allport),在他的著名作品《社会心理学手册》中如此评价勒庞的《心理操控术》:“在现有的所有关于心理学研究的书籍中,没有任何一本可以与《心理操控术》相媲美。”

对于这个评价的准确性还有待进一步的验证,但无论质疑之声是否不绝于耳,有一点毋庸置疑,即此书所阐释的关于“群体心理”的特点对后世产生了持久的影响,尤其是在人们对“群体心理”的理解和社会心理学的思考方面。此外,当美国民众的处境和感觉越来越趋向于“孤独”和“千篇一律”时,这部著作存在的实用价值就更是不容置疑了。

《心理操控术》为什么能够产生如此持久的影响力,真的是令人匪夷所思。当它1895年第一次与读者见面时,纯粹是为了迎合大众。但是,这种多如牛毛的迎合之作如果能够将其对读者的吸引力保持半个世纪之久,一定有其独到之处。

如果从它的性质方面进行探讨，就会对它为何能够产生如此持久的影响力感到更加的困惑。书中所阐释的观点，几乎每一条都可以在前人的言论或书籍中找到痕迹，至于在此书之后出现的同类书籍关于这些观念的阐释则更加的精辟和详尽。尽管如此，《心理操控术》在知识界的影响力却没有受到丝毫的影响。

值得一提的是，即使是在此书中的一些观念已经被公认是错误的情况下，它依旧是研究群体心理的学者必读的文献。此外，虽然书中到处都充斥着互不协调的意识形态，但是与之意识形态大相径庭的崇信意识形态的作家依旧以十分严肃的态度对待它。也许，揭开这些看似相互矛盾的谜团的最好办法就是研究它对我们的现实意义。

《心理操控术》问世以来的经历也许可以帮助我们揭开这些困惑。书中的一些观点不仅触动了那些接受它们的人，如民粹派社会学家罗斯和心理学家麦克道格尔，还触动了那些完全反对它们的人，如社会心理学家弗洛伊德和社会学家帕克。那些与勒庞持不同观点的反对者，因为没有办法放弃对社会心理学的研究与探讨，所以在驳斥这些观点的同时，却不得不对其投入更多的关注，因为这些都是他们研究群体特征所需的基本问题。

这正是《心理操控术》的价值所在。尤其是作者对重要问题的敏感性几乎贯穿全书。正如大法官霍尔姆斯先生所说，勒庞具有少数思想家才具有的、不断发现有研究价值的问题的能力。他所关注的问题毫无疑问会成为所有社会心理学家和善于思考社会的人共同关注的问题。

从表面上看，这本书的标题有一定的局限性，但是，它的内容却涉及了与“群体”联系在一起，但通常所有人都会忽视的现象。

勒庞在书中不断地以简洁或者时代错置的方式将人们所关心的问题呈现出来，如社会服从或过于服从、单一乏味的趣味、群众的反叛心理、大众文化、被别人支配的自我、群众行为、人的自我异化过程、官僚化的形成历史、逃离自由投靠领袖、无意识对社会行为的影响,等等。

换句话说,现代社会出现的所有问题和观念,勒庞都预料到了。也正是这些多样性的问题,使本书具有了经久不衰的影响力。

因此,我们可以断言,《心理操控术》的现代意义就来源于它善于发现问题的功能而非解决问题的功能。这两种功能从表面上看是相互联系的,但实质上却有本质的区别,此书对弗洛伊德的意义便是最好的佐证。

弗洛伊德眼中的《心理操控术》

弗洛伊德利用适当的渠道使勒庞的思想影响进入了现代人的头脑。从20年代起,弗洛伊德开始从事群众心理学研究,并发表了第一本专著《群众心理学与自我的分析》。在这本著作中,他大量引用了勒庞的观点,并给出了极高的评价:"《心理操控术》是名副其实的名著,极为精辟的阐释了群体的心理特征"。他对《心理操控术》的评价连同引用其中的内容加在一起,可以占到全书的1/6。

但是,读者很快就发现了弗洛伊德对待《心理操控术》的矛盾态度。在下一章中,他驳回了自己对勒庞观点的评价,他说:"……我现在必须澄清的是,其实作者所阐释的观点都是些陈词滥调。……此外,他对群体心理的诠释和评估是应该受到人们质疑的。"

这些前后矛盾的评价似乎有些不合常理,甚至于有些失礼,但是,不可否认的是,弗洛伊德并没有存心说这些话,这只不过是他内心最真实情感的流露。

夸张是最容易表达自己观点的方法之一,因此,当我们将弗洛伊德评价中的所有夸张成分都去掉,只保留其实质,然后问他,为何会对勒庞那些陈词滥调如此重视?又为何像许多严肃的评论家一样,怀着尊重的心态从知识的角度来看待《心理操控术》呢?为什么要将《心理操控术》作为自己研究社会心理学的基础？弗洛伊德会用率直而可敬的态度回答我们提出的问题："因为勒庞的很多观点是研究心理学的基础，所以我将他看成是自己的引路人。"

弗洛伊德为自己矛盾的评价所做的解释显然不够全面。他只是解释了为何自己会看重《心理操控术》，却没有解释为什么会将里面的一些观点贬斥为陈词滥调。当然，要想正确的理解他这种矛盾的态度，还需要进一步的论证。

弗洛伊德对勒庞所述的观点持有的矛盾态度是不可否认的。他往往在前一章中肯定勒庞，在后一章中再推翻自己的观点。这些矛盾的观点在他论述勒庞的一章中随处可见，而且我们轻易就可以找到这种矛盾态度的思想（不是心理学）解释。

在书中，他采用苏格拉底常用的对话模式，为两个角色设置了台词。这种矛盾态度的基础大致可以概括为：勒庞善于发现问题，而弗洛伊德善于解决问题，至于勒庞能不能够将这两种优点都集于一身还有待考证。对于勒庞发现问题的能力，弗洛伊德给予了肯定，但是对于后一种能力，他却持否定态度，认为勒庞根本不具备这种能力。

正是由于弗洛伊德希望从勒庞身上同时找到这两种能力才会出现以上那些矛盾的观点。最终，他还是给出了确切的答案，即勒庞只能是播种者，他才是使种子成长的培育者。

弗洛伊德一直认为，勒庞只是发现了群体生活的很多重要问题，但是并没有提出具体的解决办法。如勒庞虽然指出了群体具有"喜欢夸大自己的情感"与"缺乏理性和判断力"的基本特点，但是，弗洛伊德认为他并没有真正的找到群体成员之间建立情感联系的渠道。

同样的例子还有很多，他认为勒庞虽然看到了群体易受暗示和传染的特性，却没有发现其实这是团体成员与领袖以及其他团体有着性本能关系的产物；虽然他也意识到，当一些人偶然聚集在公共场所，没有任何坚定的目标，他们根本不足以构成一个群体，但是却不理解要想具备组织化群体的特征，需要那些必不可少的前提条件；

勒庞生动的描述了“群体是冲动的奴隶”以及“群体在行事之前绝不可能做出任何计划”的特点，但是他没有找到为什么群体会退化到原始人类阶段的理论依据；(当然，弗洛伊德也不是圣人，他也会出错。他认为勒庞没有明确的退化概念，这只能说不够全面。因为勒庞也曾将群体冲动、暴躁、缺乏理性、判断力与批判精神、态度极端等特点与女性、野蛮人和儿童等低级进化形态的生命体相提并论，所以说弗洛伊德是错误的。还应该指出的是，当勒庞将群体的退化比作可以在野蛮人或儿童身上看到的早期阶段时，显然妇女被排除在了这个阶段之外。)

此外，在其他方面，弗洛伊德对勒庞的评价也是有失公允的。如，他说勒庞没有正视领袖在群体心理中起到的重要作用，而他却能够揭示领袖在支配群体行为的心理过程中起到的作用。但是，弗洛伊德却忽视了一点，勒庞在书中阐释了神话中不朽的英雄对群体心理产生的巨大影响，而这种论断与弗洛伊德在与奥托•兰克讨论之后得出的结论一样，即神话中的英雄其实是人们想从集体统治中解脱的一种手段。

弗洛伊德认为，勒庞意识到了群体具有要求平等的意识，但是没有意识到这其实是群体成员在共同目标的作用下产生的一个潜在的可见后果。这里所指的目标，弗洛伊德认为就是领袖。

勒庞虽然生动地描述了群体成员都有服从的意念，但是没有意识到这种服从意念其实是领袖身上集体理想产生的暗示作用。

弗洛伊德还犯了一个有益的错误，他认为勒庞的研究对象只限于暂时性群体。而也正因为此，让他幸运的碰到了最有价值的研究课题，因为只有暂时性的群体成员才会对群体的要求言听计从，甚至甘愿放弃自己独立的个性。

他这样定义勒庞对群体的概念显然是有失偏颇的，读了下面的内容之后就可以明白为什么我会这样说了。不过应该肯定的是，即使聪明的头脑偶尔会犯一些小错误，人们依旧可以从中得到有益的东西。弗洛伊德正是这样的聪明人，所以，即使他的观点不完成正确，我们仍然可以从中找到被我们平时忽视了的东西。

虽然弗洛伊德认为勒庞关于“只涉及短命的集体”的陈述是错误的，出人意料的是，这个错误却直接促成了弗洛伊德支持勒庞选择以这些“喧闹的、暂时的群体”作为研究对象。

“作为集体中的一个类型，我们可以从这个群体中看到，正是那些被我们视为个人特性的因素，彻底地消失了——尽管这只是暂时的！”弗洛伊德就是用这句简短而精辟的话，道出了虽然在科学研究领域中普遍存在，在社会科学中也尤其需要特别注意，却一直被人们忽视了的基本原则，它就是被我们称为搜索“重大研究领域”的原则。

按照这个原则，寻找这样一些课题，能促使更多的人去研究那些具有特殊优势的科学问题，当然，前提是这些具体的课题必须是暂时性的群体。

勒庞在无意识中做了弗洛伊德认为他做过的事情。他虽然以暂时性群体作为研究对象，但是并没有把自己的思想局限于此。在他的眼里，群体的概念要宽泛的多，即包括暂时性群体也包括稳定性群体，如相同社会阶层、身份、派别组成的群体，最有代表性的是陪审团、议会、政治派别、宗教派别。不过，相比较而言勒庞更加更注那些暂时性群体。因此我们可以说，他找到了研究群体行为最好的机会，即在他们的特点最显著的时候对他们进行研究。

显然，这些方法和技巧是弗洛伊德强加给他的。当然，弗洛伊德之所以得出这些结论并不是因为他发现了勒庞揭示出了比研究素材更加广泛的变量之间的相互作用。

总结弗洛伊德对勒庞矛盾的评价我们可以得出以下结论：勒庞善于把握群体或者是群体的集体行为的特点，但是对于这些行为的本质原因却不甚清楚。换句话说，在弗洛伊德眼里，勒庞就像是一条只会寻找猎物的狗，只能够停留在事物的表面，对于表面之下隐藏的重要理论无能为力。但是自己却和他恰恰相反，能够挖掘出事物表面之下的本质，并诠释出这种本质。

虽然用这种说法评价他们两个人似乎有失公允，但也确实有据可循。勒庞的优势是能够很好的挖掘出社会心理学的问题，而弗洛伊德有时候即是问题的挖掘者也是问题的解决者。

从弗洛伊德评价勒庞的矛盾态度上，我们可以得到一些新的体会，即一些新思想（因为别人可能已经预见过所以并不是不可或缺）和一些有意义的思想（这种思想并不深刻，只能起到一些提示性的作用）既有局限性的一面也有贡献的一面。他对《心理操控术》的矛盾态度，就是最好的佐证。

未竟的肖像画

之所以单单将弗洛伊德对《心理操控术》的感受列举出来，并不是因为他的感受独到，也不是因为他的名声让人们对他的作品持有好感，而是因为他对此书的理解以及他的某些曲解产生的真理性收获，能够更好的帮助我们解读这本书。

其实在较小的范围内我们同样可以向弗洛伊德一样，在提出关于社会行为思想的同时发现有现实意义的因素。虽然他在这本书中没有挖掘出很多全新或者正确的观念，但是依旧让我们受益匪浅：勒庞的阐述不是不可更改的绝对论断，确切的说是为后人研究相同的理论提供了重要指导的起点。

弗洛伊德能够对此书有如此深刻的解读得益于一些具有现实意义的因素，当然，这些因素同样可以为我们的解读带来帮助。但前提条件是，我们必须能够在解读的过程中挖掘出隐含在文字表面意义之下的深层含义，这就需要读者在解读的过程中留意作者在无意之间透露出来的思想，因为只有这样我们才能感受到过去被自己忽视了的某些社会行为。其实读其他书也是同样的道理，只有理解了书中字里行间的含义才能得到自己想要得到的东西。

这些方法同样适用于那些团体成员中每天叫嚣着不乐意服从的人（其实他们没有一刻可以脱离束缚），当然前提条件是，他们愿意去理解对我们每个人都会发生作用的服从倾向。

《心理操控术》具有丰富的现实意义，这也诠释了为什么它能够具有持续影响力的原因。需要说明的是，这些现实意义都隐藏在文字之间，需要我们用心去体会。除此之外，这种持久的影响力还来源于书中的一些复杂的思想，即人的行为中非理性和反理性的倾向。这些思想至今仍然与我们的生活如影相随。

书中描绘的是世纪末的众生相，这时的人们在作者的眼里永远徘徊在无意识边缘，随时接受一切暗示的指挥；情感缺乏理性、批判力，所以他们极端的轻信他人，心甘情愿的上当受骗。不过，这显然是一幅没有完成的肖像画，因为在画面中既有被控制的人，也有控制别人的人，换句话说，这些掌握着控制权力的人将被其控制的人当作了达到人生目标的工具。

书中还透露了另外一种深刻的含义，即人类总是有维持自欺欺人能力的方法，他们总是能够为了达到某种不可告人的目的将罪恶说成是美德。影响人类性格的这种因素还导致了这样一种社会哲学和社会学，即人们极易受外界因素的影响，他们会因为这种影响而使自己失去判断是非的能力，从而变得愚蠢而平庸，甚至成为暴徒的帮凶，欺骗自己的同胞。

人总是会有一些劣根性，如缺乏理性、唯利是图、不会自控以及出尔反尔，或者将理性用在胡作非为上，他们既是暴力和虔诚骗局的实施者也是它们的受害者。这种禀性与人类历史如影相随，从《君主论》的时代起一直到

《心理操控术》盛行的时代，那些为达到自己目的，而不惜在人际关系中使用欺诈和机会主义手段的作家一直都在不断地描述和设计这些形象，勒庞在书中将其重新阐释当然算不上是全新的见解。

不过值得一提的是，这些观念在上个世纪才真正的开始受到人们的重视并一直持续到今天，在它们面前，人类一直被冠以理性动物的美誉受到了冲击。

旷日持久的争论战

对于人类及其行为中令人生厌的这些禀性，心理学家、社会学家、社会哲学家、政治理论学、政论记者以及那些有才华的落魄小说家都曾写过大量的书籍进行批判，《心理操控术》只是这些著作中的一本罢了。值得一提的是，在1895年，即这本书出版的同一年，布罗伊尔和弗洛伊德的力作《癔病的研究》也问世了。这两本书同时出现并非偶然，因为只有具备了相同社会条件，思想相近的著作才有可能同时大量出现。

也许有人会对这种说法无法苟同，在他们看来每个时代都会有自身无法解决的问题，并自认为会遇到理性的曙光或非理性的开端。但是不可否认，这种观点有其局限性，因为它没有办法解释到底是什么原因让19世纪的法国民众如此的狂热。回顾历史，我们会发现，在19世纪50年代，龚古尔兄弟从来都没有与他们组成的文学小组内部达成意见的一致性，他们预言，欧洲将遭到粗鲁的工人的野蛮攻击，他们还说，这群野蛮人会给自己的行为找到合适的借口，即社会革命。

当然，除了龚古尔兄弟之外，当时法国的人道主义知识分子泰纳、圣伯夫、讽刺作家“加瓦尔尼”、勒南等人也对未来的“道德卫生状况”以及社会发展趋势充满了疑虑。泰纳甚至预言说，20世纪将会造就一群充满活力但是反应迟钝的人。显然，这些预言与勒庞在《心理操控术》中阐释的某些观点是相吻合的。

关于类似的预言和征兆还有很多，这足以证明，即使没有勒庞，他所提出的观点照样会出现。最好的佐证是，在同一时期，意大利的社会心理学家西盖勒以及法国人塔尔德也提出了类似的观点。也正是因为在相同的时段提出了类似的观点，所以在之后的很长一段时间里，他们为到底谁是思想的先驱者争论不休。

为了在这场旷日持久的争论大战中获胜，勒庞和西盖勒使尽了浑身解数，甚至不惜撕破脸皮相互谩骂。为了能够增加胜算，勒庞不止一次的重提他 15 年前关于群体的“模仿”和“感情传染”问题的论述。

西盖勒也不甘示弱，在著作《宗派心理学》中毫不客气的自诩为先驱，并声称《心理操控术》纯粹是抄袭之作，而在后来出版的《犯罪群体》的第二版中，他更是公开对勒庞进行指责，说勒庞在阐释“群体心理”时引用了自己的观点，却对此没有作出任何的说明，之后他又正话反说，说自己没有一点要责备勒庞的意思。

对他们的争论，我们既不感兴趣也没有必要作出评判，因为这是那些有知识成就的法官和思想史专家的特权。但是他们的争论对我们并不是毫无启示作用，因为通过这些同时出现的思想我们起码可以证明，文化遗产已经为它们的出现提供了适宜的土壤，而且在社会的引导下，越来越多的思想家开始关注这些思想问题。

不可否认的是，有太多的证据可以证明勒庞的观点在某些方面反映了当时的文化现象。只不过，这些理念遭遇了与 17 世纪格兰维尔的气象学比喻一样的命运，即在它还没有被怀特海复活之前，一直被人们忽视。

如果一种将形成潮流的思想恰好迎合了当时人的趣味，一点也不奇怪。因为这种思想被群体接受并非空穴来风，而是社会结构自身因某种因素影响而出现了问题，或者是人们的思想观念发生了变化迫使一些跟时代不相符的思想退出了历史舞台,从而使一些以前根本不受重视的思想登上了大雅之堂。(当然,应该指出的是,并非所有的文化都受社会结构变化的影响,而且,相同的结构压力对文化层次中不同的人群具有的导向作用是不同的,所以它们还会做最后的垂死挣扎。)

在一般情况下,思想的创造和普及需要特定的社会条件。所以说,勒庞的观点和思想能够迅速的得到普及得益于那些让他产生这种思想的重大历史事件,也正是这些历史事件,在勒庞和他的读者之间架起了一座产生共鸣的桥梁。

布朗热浪潮

了解了勒庞生活的时代背景,我们便可以明白,为什么他所提出的关于群体成员的观点能够如此吸引读者以及他没有办法在对此进行修改的原因。1841年,勒庞出生于法国。法国当时的国王路易·菲利普一直被认为是具有革命家精神的君主,但出人意料的是,他最终倒戈成为了保守派阵营中忠实的一员,这激起了激进主义者和空想社会主义者的怒火,他们开始更加大肆的传播自己的思想。

终于这场愤怒演变成了战争,路易·菲利普被迫退位。经过了激烈的"六月起义"之后,工人阶级也退出了历史舞台,路易·波拿巴篡夺了起义的果实,成为了第二共和国的总统,继而又称帝继续统治着法国。

当时,勒庞只有7岁,所以他无法理解波拿巴到底是利用了什么手段将总统改为皇帝的。20年之后,即19世纪60年代,勒庞在回顾路易·波拿巴的统治时,显然是持着赞同的倾向的,他认为波拿巴之所以那么做是想让民众忘记色当战役惨败带来的后果,忘记欧洲的存在,从而平息民众的反叛意识。

巴黎公社统治法国期间，激进派、共和派、普鲁东派和布朗基派等一伙乌合之众成为了政权的主宰者，勒庞此时忧心忡忡。对于这次运动，即使是马克思也怀有矛盾的态度，既说它是还没有成熟的果实，又认为它是共产主义理论的一个很好的证明，是工人阶级为获得最终解放而进行的预演。

当时的勒庞还只能算是一名不具备敏锐观察力的思想家，但是他亲眼目睹了当时政局的动荡，包括第三共和国对巴黎公社的审判、频繁的政权更迭以及那些为了诱惑群体而做得宣传（当然，有时候这种做法非常的奏效）。此外，他还亲睹了做事瞻前顾后却又及其好战的布朗热将军以迅雷不及掩耳之势赢得群体支持的过程，这些经历对他即将动笔的著作十分有用。

勒庞在书中一共提及了布朗热将军两次，一次只是提到了他的名字，另一次则是暗示性的出现。译者没有办法确定读者是否还对那段历史记忆犹新，所以在布朗热将军出现的地方加了注释。当布朗热将军以暗示的方式再次出现时，证明了勒庞作为保守派的一员，对群体及其社会心理学的理解都是建立在他所经历的所有事情之上的。他在书中这样写道：群体既可以充当刽子手屠杀生灵，也可以如烈士般英勇就义。（弗洛伊德对这种矛盾心理倍感亲切）

他们可以为了信仰的胜利，不惜血流成河（之后，勒庞自然而然的又为我们补充了与我们的目的相符的话）。若想见证群体做出的种种壮举，我们不必重返英雄时代。起义中他们从不吝惜自己的生命，不久前，一位声名鹊起的将军轻易的赢得了上万人的支持，这些人为了他的事业甘愿赴汤蹈火。(见本书第 2 章第 1 节)

显然，勒庞在书中提到的这位将军就是布朗热。布朗热将军当年的“壮举”至今让法国人记忆犹新，但是美国却早已将之抛到了九霄云外。这就如同历史上那些昙花一现的朝代一样，如果它没有将政权合法化，通常是不会被载入史册的。

但是在19世纪80年代的最后5年里，布朗热将军和他的追随者们迅速崛起，并在全国掀起崇拜布朗热浪潮试图篡夺政权的运动，其规模与发生在美国50年代最初5年的麦卡锡主义运动和约瑟夫·麦卡锡参议员夺取政治权利的运动一样。（值得一提的是，这两项运动在细节上十分的相似，布朗热最终以阴谋颠覆国家罪被逮捕，虽然最后成功逃离了法国，但还是以自杀结束了自己的生命；麦卡锡也好不到哪里去，政治垮台后，他过了3年落魄的生活之后含恨离开了人世。）

以上我们谈到的这些人和事，在时间和空间上都相去甚远，所以很多人都会认为这其实就是一些无聊的历史对比。《心理操控术》毕竟不是在写历史，勒庞只不过是想借助这些历史事件分析出群体特征和行为的相似之处，并找出细节上的差异。至于勒庞在书中首先提到布朗热浪潮并不是为了归纳出群体社会心理的发展脉络，但是不可否认的是，他确实对这段插曲投入了热情，在这点上他和其他法国人有着本质的区别。

曾经短暂的成为人们崇拜偶像的布朗热所演绎的历史，在勒庞的笔下成为了反映领袖和群众关系的社会心理学剧本。因为，毕竟布朗热的历史发生在勒庞写书之前，所以我们这样说可能更加的恰当，即这部著作是作者对布朗热及其追随者所演绎的历史的总结。当然，有一点我们绝对不可忽视，那就是布朗热浪潮确实为勒庞挖掘群体行为的思想根源提供了依据。

布朗热进入政坛之后平步青云，成为了最年轻的法国将军，进入了作战部为激进派领袖克列孟梭制定卡必密决策，并通过改善官兵的待遇获得了他们的拥戴。布朗热之所以能够如此轻而易举的获得军人的支持，是因为现在的军队成员大部分是文官转变而来的，所以他们缺乏职业军人吃苦的精神和坚韧的性格。

从政之后，因为没有政治信仰，布朗然能够八面玲珑的应付不同派别的人，成为了各个不同派别心中的偶像。尤其是那些站在第三帝国反对面的人们,坚信布朗热一定能够带领他们推翻帝国,建立全新的社会。为了讨好这些群体,布朗热答应了他们提出的所有要求,如他答应戴鲁莱德的爱国者同盟会尽一切力量将德国人赶出法国;答应波拿巴主义者会恢复帝国;答应保皇党会恢复君主制。此外,他能够让利益对立的社会主义者、机会主义者、共和派以及激进派都将他视为自己人,并甘心情愿的受他的领导,虽然他除了对自己的将军地位感兴趣之外,并没有其他的政治倾向。之后,这些五花八门的群体在共同的目标下(反对现有的政权)结合在了一起。

之后,各类支持布朗热的政治事件接踵而来,先是群众利用巴士底狱纪念日公开表示会支持他,让总统下野,当他终于在大选中获胜之后,各类群体又高呼让他进军爱丽舍;各类媒体也成为了他忠实的传声筒,《不妥协者报》《宇宙报》等争先恐后的宣传布朗热及其运动,各类赞美之词层出不穷,如献给"我们勇敢的将军布朗热""啊!复仇将军"及"希望将军"。

这些赞美之词一方面真实的反应了群体内心最真挚的情感,另一方面也影响了他们的情感倾向。更甚者,人们还用他的名字为各类玩具、机械工具及烧酒命名。换句话说,布朗热主义已经成了在短时期内不可扭转的潮流,差一点就大获全胜。我们已经无需在对这股浪潮作详细的描述,因为它只是《心理操控术》的一页。(当勒庞提到一位声名鹊起的将军"轻易的赢得了上万人的支持,这些人为了他的事业甘愿赴汤蹈火"时,字里行间便隐藏着这些事件。)

当然,书中还写了布朗热的其他故事,只不过这部分内容被一些概括性的语言掩盖了,如关于巴黎群体喜欢摇摆不定的特性的记述就暗示了布朗热的下场,即今天他还是他们崇拜的偶像,明天便成了被唾弃的对象,当然其他地方的群体具有相同的禀性。

除此之外,勒庞通过布朗热浪潮能够迅速扩散的原因还得出了另外一个贯穿全书的重要结论,即就声望的起源而论,取得成功是最大的成功,不仅如此，他还从布朗热的垮台中得出了关于声望的另一论述，即就声望危险的衰落而论，失败就是最大的失败，虽然关于这条他并没有明确的提出来，但我们还是能够体会得到，所以当法国的一些政客不断的找出布朗热的弱点之后，他很快便失去了所有的支持人群，一如他的得势一样迅速。

失势的布朗热终于被执政者以阴谋颠覆国家罪逮捕，不过他侥幸地和情妇玛格丽特•德•邦曼一起逃离了法国，到了布鲁塞尔。显然，那里的人不欢迎他，之后他不得不辗转于伦敦、泽西等地，但是，最终他还是回到了布鲁塞尔。

在异国他乡流放的过程中，他依旧没有被击倒，甚至一度保持着乐观的心态继续发表一些根本就没有人认可的言论。随着时间的推移，他终于意识到了，那些曾经狂热的拥戴他的群体现在已经成为其他政客的支持者。在他的政治梦想彻底破灭的时候，他的情妇也因病去世了，在双重的打击下，他选择了以自杀的形式结束自己的痛苦。

历史在勒庞眼中永远是矛盾的表象

看到这一切的不仅仅是勒庞，还有他的同代人，所不同的是，勒庞对这一切进行了思考，并通过这次事件看到了巴黎群体是怎么迅速地将他们曾经的英雄抛到九霄云外，去参加万国博览会的。在之后发生的众多事件中，埃菲尔铁塔的建立是最耀眼的明珠，它那高耸入云的钢铁身躯预示着一个新世纪的到来，而且这个新世纪并将代替之前的石头城市。

在对群体具有的轻信和善变的禀性进行探讨时，勒庞从他们对末路英雄的报复性行为中找到了证据，“群体喜欢践踏被他们曾经推崇的权威”。（见本书第 7 章第 3 节）。

勒庞把自己观察到的一切都以概括的方式写进了《心理操控术》，虽然布朗热浪潮不能为他的社会心理学研究提供足够的证据，但至少可以让他看到群体的某些禀性。

在布朗热浪潮结束之后，法国历史上又上演了雷赛布戏剧的尾声，他是一个具有坚定意志力的人，曾经成功的带领人们开通了苏伊士运河，但后来，他同样败在了这项事业上，那是因为他年事已高，包括意志力在内的一切成就事业必须的品质都屈服在了蹉跎的岁月面前。在88岁高龄时，他被判了5年的徒刑。

对此，勒庞无法掩饰他内心的愤慨，也没有办法只以学术的观点来评价此事，于是，在《心理操控术》中随处可见他对群体攻击这位"历史上最了不起的英雄"所表现出的不满。

这件事一直被充分理解其含义的法国民众称为"大事件"，但它是否为勒庞写书提供了依据我们不敢妄下论断。就在勒庞开始写《心理操控术》的时候，又发生了另外一件对他写书极有帮助的事情，即德雷福斯上尉因叛国罪被剥夺了政治权利并流放到了魔岛上服役。

德雷夫斯是阿尔萨斯人，是第一个进入总参谋部的犹太人。法国民众之所以会这样对待德雷夫斯是因为受到了总参谋部的挑拨，当然这次事件的后果不仅仅局限于此，因为它还为勒庞的书提供了新的必要的证据。

需要指出的是，1894年是群体排斥外来种族情绪最高昂的一年，这种情绪足以传染到所有不同的群体，其严重程度使一向对政治毫不关心的法国人（但愿这个称呼不会自相矛盾）也不得不投以关注，更不用说像勒庞这样敏锐的观察家了。

现在也许大家该明白勒庞为什么会声称《心理操控术》并不是以法国大革命为基础的群体行为社会心理学著作了吧！因为这种说法并不确切，勒庞在书中所选取的50个事例中有30多个是在讲法国大革命之外的事件，比如拿破仑的发家史，而且大部分都是他亲眼目睹了的。

或者说，勒庞之所以要选择大革命时期的事件有两个原因，一是作为法国的一份子他没有办法摆脱大革命造成的影响，二是他要想对群体特征有更加深刻的了解就必须去留意跟大革命有关的事件，当然这个原因是暗含在书中的。他为了更加隐蔽的批评现实生活中的群体禀性，不得不利用大革命时期的群体做伪装。

可能很多人会有这样的感觉，在阅读勒庞的书籍时，常常会觉得他应该经历过大革命，但是事实却并非如此，他的寿命只有90年，而且《心理操控术》问世时他已经55岁了。即便是这样，他对生活在同一时代的群体的观察足以为他的社会心理学研究奠定坚实的基础。当这种想法一旦出现在他的脑海里，他甚至可以更改圣保罗大教堂唱诗班入口处那句纪念雷恩的铭文，并向同时代的人大声疾呼："如果你们想知道我思想的来源，就好好观察一下你的周围吧！"

事实也确实如此，过去的历史不可能成为《心理操控术》的唯一理论来源，也不会是其主要的依据。人们之所以会得出与此不同的看法，是因为他们一直对将历史用来做学术研究持有矛盾的态度。在写书的过程中，勒庞突然发现，原来所谓的历史记载根本起不到任何作用，于是他发出了如此感慨："历史完全是一派胡言"，之后，经过亨利•福特的渲染这句话被后人广为流传。

当然，和勒庞比起来，亨利•福特是在没有任何目的性的情况下说这句话的，但是勒庞是怀着这样的心情去说的："史学著作只能被当作纯粹想象的产物。它们是对一知半解的事实做出自以为是的记述，再加上一些思考后得出的结论。写这种东西无异于浪费时间。"（见第2章第2节）

为了得出以上的结论，勒庞将历史的命运进行了分析，他认为"如果历史没有留下文学、艺术和其他方面的传世巨作，我们根本不可能了解历史真相。而且，即使有真实的记录，但是利用文献的人都会有倾向性的选择自己认为对的事情，所以后人还是没有办法看到历史的原貌。

但是，之后他又否定了自己的看法，因为他发现完全脱离了历史，他根本没有办法探讨群体的行为特征,为此他还写了好几本著作。当他在1912年发表《法国大革命和革命心理学》(La Révolution francaise et la psychologie des révolutions)时,他又回归到了之前的看法上,即历史根本没有办法还原到真实的状况。

勒庞毕竟也是普通人,所以他没有办法摆脱普通人都有的矛盾心理,于是他提出了一种折中的理论,使他既能摆脱历史的控制,又能用历史来证明自己的理论。这个合理化的理论迷人而简单"像赫丘利(Hercules)、佛祖或穆罕默德(Mahomet)这些在人类历史上举足轻重的人物,在历史记录里有关他们生平的记录有一句是真的吗?完全可能一句都没有。"接着他又说,"事实上,他们的真实生平对我们来讲起不到什么用。我们关心的是这些伟人在大众神话中是以什么样的高大形象征服他们的偶像的。因为对群体心理产生影响的是神话中不朽的英雄,而非现实中一时的英雄。"(见第2章第2节)

虽然我们没有办法苟同勒庞关于真实历史与大众神话之间妥协的做法,但是对于他产生这两种矛盾心情的原因却必须给予同情。他为后人揭示了一个重要的观点,即决定人们历史地位的重要原因不是他们的本来面目,而是后人对他们的认知,所以真实性和表象之间不必存在必然的联系。

在同以上复杂的矛盾作斗争时,勒庞的观点开始接近于托马斯定律(美国社会学家托马斯提出的观点),即假如某种条件被群体认为是真实的,那么其结果也往往是真实的。他的结论直到很久之后才被后人真正的理解,即人真实的形象在影响其接受群体中所起到的作用。勒庞一直在不断寻找造成他矛盾思想的根源,在这个过程中他得出了一种值得后人探讨的见解:神话历史对社会现实历史的影响。

勒庞虽然使劲浑身的解数,但是依旧败给了那些学者。他们以让人根本没有办法理解的分析否认了历史能够为人类生活中的某些一致性因素提供材料的事实。可悲的是，勒庞没能超越他的同代人和后代人，和他们一样的认为历史只是一种表象，而历史史籍所记录的事件也都是独一无二的。

如果事实真如勒庞所言，历史不能够用一些让人觉得似是而非的语言为后人探寻人类的轨迹以及社会制度、结构的变迁中的相同因素提供充足的基础，那么勒庞的所作所为真的是在浪费大家的时间。

对于这种显而易见的错误观点，也只有那些得以继承先人遗产的人才能用鄙视的眼光看待它。(《心理操控术》问世后的第 6 年，杰出的德国哲学家李凯尔特和文德尔班依旧在试图解释历史为什么只能描述特殊的现象，而且这种描述完全不同于物理学和生物学中发现的相同因素。不过到了后来，终于有人站出来否认在研究历史普遍规律或是概括性规律、独特或者单独现象之间的错误划分，最显著的例子是柏拉图的观点——“历史绝不会重复”与“相应的历史在某些方面总是会出现重复都是正确的”。)

不过可喜的是，勒庞在之后的实践中否定了他之前给予肯定的观点。他在以往的历史中找到了具有独特性的历史事件，并从中抽象出某些重复的现象，归纳出了人类行为中假定的相同因素。

勒庞不是先知

不过有一点需要说明，即我们应该正确的对待勒庞所做的努力，切勿将一些他实际上没有总结出的论点归在他的名下。在读了《心理操控术》之后，大家可能会发现，勒庞并没有为了使自己的观点经受得住推敲而系统的收集证据，换句话说，他没有使用方法论的方式，二是采用观察法来选取自认为会对得出结论有重要作用的、历史上的奇闻异事来作为思想的基石，当然，他所采用的方法不仅在当时很流行，而且现在依旧很盛行。

他的方法虽然有缺陷，但是不可否认的是，他的很多观点虽然很粗糙但却是正确的。不过,这些观点还有待后世的社会科学家再付出大量的艰辛努力来完善,因为这些科学家从来都不会甘心从现有的观念高峰跨到另一个观念高峰,他们总是会在跨越之前先跋涉于方法论研究的峡谷之中。

如果作者没有为思想的传播提供一个坚实的基础,很容易让读者陷入误区,没有办法分清楚那些观点是正确的,那些是错误的。正确的区分错误观念和创造性观念最直接的方法就是看哪些观念中的正确成分占的比例更大一些,这种方法对社会思想领域和其他领域一样适用。

就此而言,勒庞的书受到了更多的质疑,这也是他的书能够具有持久影响力的原因所在。有时,正如弗洛伊德所暗示的那样,勒庞的观念不断遭到质疑,可是他却丝毫感觉不到,并自以为自己的书是如此的受欢迎。不过有一点毋庸置疑,那就是勒庞的观念比社会哲学家的观念显然要受欢迎的多。

如果将勒庞比喻成擅长知识竞赛的学者和社会学的先知,就会铸成新的错误,即混乱的形象化比喻和迷恋时代错置的行为。不过这个比喻还是有可取之处的,他努力的尝试给自己接触到的所有棘手问题都做了一个合理的解释,这些解释为他的后继者们提供了依据,从而使他们得出了比勒庞更精辟的论断。

此外,继勒庞之后以研究群体行为为主的社会学家也曾用过上面那个不伦不类的比喻,如社会学家拉扎斯菲尔德和社会哲学家奥尔特加—加塞特就曾在书中采用过。拉扎斯菲尔德在《社会研究的语言》(Language Of Social Research) 一书中写道: 奥林匹克运动会上各项体育竞技记录提高的原因并不是进化的作用,而是因为人类加强了对这种能力的训练。也正是因为此,几乎每一代人都会看到上一代人取得的进步,但是能力却并不比他们的前辈更高。

在另一本著作《群众的反叛》中,我们看到了相同的观点,而且本书的作者还将这种现象类推到了其他科学领域。在人类文化的所有领域,艺术和道德除外，几乎都可以找到这种早已过时了的“进步”观的影子。所谓的“进步”观是指不断积累的知识以及有益的思想与行为能力的提高。因此可以这样说，《心理操控术》中的某些观点，一直在被另外一种思想利用和改进，虽然这种思想的提出者的能力并不比勒庞更强，甚至还不及他，但是声誉却远胜于勒庞。

在一些读者的眼里，勒庞的观点很有远见。当他在书中如先知般的预言“我们即将要进入的就是群体时代”时，他所说的群体主导历史是指，群体的某些意识开始觉醒并开始发挥作用，后来的科拉蒂尼、奥尔特加—加塞特、纽曼、弗洛姆和阿伦特等不同意识形态的作家，都曾对这一观点进行过更加深入的探讨。

除此之外，勒庞还有另外一项颇有预见性的观念，即群体中的成员最终会被视平庸而低俗的文化为最有价值的东西的大众文化所吞噬。在勒庞的眼里，现在的群体比过去的群体更易于受周围环境和人的影响。他的这一观点很容易让人想到后继者对当代人失去自我判断能力的关切。

社会学家帕克和伯吉斯对勒庞的这一观点如是评价：他不仅预见了群体时代的到来，还提出了很多关于群体禀性的真知灼见，他所使用的方法现在已经被社会学家继承并发展。

关于勒庞观点中最后一个具有先见之明的例子是，他意识到了群体在历史发展中所起到的不可替代的作用。他说，这是一群毫无组织的人，但是因为他们关注着相同的社会焦点，所以在一定程度上表现出了与有组织的群体相同的心理行为。虽然受时代的限制，他没有能够预见广播和电视等媒体对群体的影响，但是他看到了报纸对群体思想起到的作用，即先通过迎合群体情感的方式，将群体引入它们设定好的渠道。

用恰当的行话说，勒庞所有的预见，无论是否精确，只要能够指出人类社会中曾经不断出现的某些方面，就会为后人把握未来提供一些很好的借鉴。

当然,这并不是说,勒庞如同先知一样具有超人的能力。因为先知能够预测出未来事件的发展趋势,但是他却不能。换句话说,研究社会运行的学者不能够预言社会未来的发展趋势,甚至是只指出一些细节性的东西都不可能。即使是有些人将他视为了先知,他能做的也只是尽自己最大的努力找出一些能够表明社会发展迹象的条件。

当他在生活中遇了一些问题时,也只会偶尔的预测一下这些问题在未来可能会出现的某些方面,如人口过剩造成的后果,但是他并不会说出这些事件出现所需的条件。当然,他这样做是因为他意识到了自己没有先知的能力。

除此之外,社会学家与先知还有一处不同,即社会学家会从自己的失败中吸取教训。假如他们预测的某些迹象没有发生,而且促成迹象发生的条件已经具备,他们就会坐下来重新审视自己的观点和证据,反省自己的思路,就如同有人给他们下达了指示一样。

先知却恰好相反,即使他的预言落空了,他还是会锲而不舍的对其投入更多的关注,而不是去重新审视自己关于事物如何发展的认识,也不去重视预言与现实之间的差距。尤其是那些成功的先知做到这一点更加的容易。古人对此曾给出了精确的概括,即先知在面对失败时能够用娴熟的技巧替自己辩解,从而保住颜面,使他的追随者们继续坚信他具有超凡的能力。

将社会学家与先知进行比较其实并没有脱离我们的主题。因为,当代的一些人在重温勒庞的某些观点时往往会将他在1895年所说的话视为对后来事件的预言。这种看法不仅错误,而且还给勒庞强加了一些他根本不具备的本领,虽然他偶然也会表现出这方面的特征,但是他根本不适合这种角色。

但是种种迹象表明,他想成为一名有成就的社会科学家。但是,与他同时代的迪尔凯姆(他开启了社会学思想和社会研究的新纪元)相比,勒庞从来都不会循规蹈矩的收集资料并进行分析,然后来否定自己某些错误的观点。

社会学研究还处于初级阶段,勒庞虽然具备社会学家所具有的坚定信念,但是他缺少能够使他的研究具有说服力的正确工作方式。他有和其他社会学家一样的意图,却只有政治家的收获。但是,不可否认的是,由于他具备对社会学的敏锐感知,所以他得出了很多有价值的观点。

我们看到《心理操控术》的内容有很多不平衡之处,如观察的质量不平衡,根据观察作出的推论也不平衡。而且这种不平衡充斥着各种观点,这些观点有些是正确而又有实际意义的,有些虽然正确但是对现实并没有起到丝毫的作用,还有一些干脆不正确,但是有益于启发后人得出正确的观点。

但不幸的是,也有一些观点既不正确也不会有任何启发。我们只能得出这样的结论,勒庞也是普通人,没有办法正确评估他提出的所有观点。因为这些观点都是他头脑中的产物,所以他显然对它们一视同仁并厚爱有加。他对待这些观点的态度就如同寓言中好善乐施的人,只要是他的儿孙,无论他是否喜欢都会一样的疼爱。

因为《心理操控术》是一本关于研究社会心理学的作品,而不是关于群体的编年史,所以书中的内容有许多与我们生活的时代并不相符。

勒庞作为保守派的一员,对无产阶级的日益壮大忧心忡忡,但是,他的保守主义迹象,对社会主义的仇视,独特的种族情绪以及将妇女视为最没有主见、缺乏理性、判断力与批判精神、态度极端、缺乏道德的人、根本没有办法和男人相媲美等观点都只是书的外表,即使是将这些观点全部去掉,也不会影响勒庞对群体行为的基本认识。

现在我们只讨论“种族因素和束缚我们的日常规律”是“决定我们命运的神秘主因”这一观点。勒庞和他同时代的许多人都持有这一观点,但是,这种观点就如同勒庞所说,是上个世纪 50 年代戈宾诺所创立的那种种族主义,是种族特主义世代相传且不会发生显著改变的基础,为他们压迫“劣等种族”提供了理由。

在勒庞的概念里，“种族”的内涵不易理解，它和“民族性格的构成”极为相似，如当他提到“西班牙种族的遗传本能”时，或是偶尔提到所有地方的群体都具有女性所具有的特征，而且“拉丁民族”在这方面表现最突出时，我们就可以很轻易的理解这一点。但是我们并不能因此而认为勒庞有种族偏见，因为“种族”本身就具有这样的特性，即适合各国人民和民族的特性，但是有一点毋庸置疑，那就是勒庞对人类学的无知。

我们可以从这本无论是对我们生活的时代，还是勒庞生活的时代都具有一定现实意义的书中，归纳出一些观点，当然这些观点是根据书中所写的关于群体行为共同特点的重要事件中整理出来的，即书中所阐释的观点，几乎每一条都可以在前人的言论或书籍中找到痕迹，而且严格来讲这些观点有些还有失偏颇，其内涵和表象具有相同多的意义；作者的眼光时而放眼世界时而又只局限在法国；某些观点既有预见性，又和时代相脱离；他即在有效的利用历史事件，又不断的否定这些事件的真实性和有效性。当然，除此之外，还有一些乱七八糟的观点，但是这些对《心理操控术》的价值没有任何影响，它依旧是一本很值得研究的著作。

1960年1月，哥伦比亚大学

罗伯特•墨顿 (Robert Merton)

目　录
contents

第9章 群体分类

当人群由来自不同种族的个体组成时，便形成了他最初级的形态。在这种情况下，唯一形成团结的共同纽带是意志力，换句话说就是领袖受尊敬的程度。

第10章 受无意识支配的刽子手

犯罪群体的动机通常来源于强烈的暗示，参与此类犯罪行为的个体事后都深信，他们这么做是尽忠职守，所以说这远非一般意义上的犯罪。

第11章 比法官更具人情味的刑事群体

在熟悉了身份团体心理，以及其他各类群体心理之后，我不再认为一件受到错误指控的犯罪案件，应该去和法官交涉而不是陪审团。在陪审团那里我们应该还能找回清白，而在法官那里却丝毫不可能得到承认。群体力量使人生畏，而某些身份团体则更甚之。

群体易说服，身份团体却不是。

第12章 政治机器的杰出作品

选民群体，即有权选举某人担任官职的集体，属于异质群体。但是由于他们的行为仅限于一件明确规定的事情上，即在候选人中做出选择，所以他们只具备少数前面说到过的特征。

第13章 文明民族理想的象征

议会制是现代所有文明民族理想的象征。这种制度反映出一种观念，即在某个问题上，一大群人比一小群人更有可能做出明智而独立的决定。虽然这种观念在心理学上是错的，却得到了人们的广泛认同。

导论

时代的新曙光即将来临

发生在文明变革之前的大动荡，如罗马帝国的衰亡与阿拉伯帝国的建立，初看上去是政党更迭、外敌入侵或王朝覆灭造成的。但是，当我们对这些事件进行深入的研究时就会发现，藏在这些表面原因背后的真实原因——民族思想的深远变革。

真正的历史大动荡，不是那些让我们惊骇的宏大、暴力的场面，而是文明的重建，它可以使人们的思想、观念和信仰发生变化。令人记忆深刻的历史事件，不过是由人类思想的无形变化带来的可见后果。这些大事件之所以并不常见，是因为人类种族最稳定的因素，莫过于历代相传的思想根基。

当前时代，正是这种人类思想发生变革的关键时期。

构成这种变革的基础有两个基本要素。第一是宗教、政治与社会信仰的彻底瓦解，因为文明的所有要素都根植于其中；第二是现代科学与工业的各种发现创造出了一种全新的生存环境与思想环境。

旧观念虽已千疮百孔，但仍具有强大的威慑力，取而代之的新观念正在形成之中，因此现时代正处于过渡期，局面一片混乱。

这个必然有些混乱的时代将会发展成何种状态，还很难说。继我们生活的社会之后，社会将建立在怎样的基本理念之上呢？目前我们无法知晓。但毋庸置疑的是，未来社会无论以何种方法进行组织，他们必须对这股新兴力量即群体力量予以重视。因为，现在这股力量不仅已经拥有至高无上的权力，而且还将持久的存在下去。

在以往无可置疑、如今已经腐朽或正在腐朽的众多观念的废墟之上，在权力之源不断遭到革命摧毁的残垣之上，似乎这股崛起的群体力量注定不久将把其他力量纳入自身体系。当我们古老的信仰解体时，当古老的社会之柱一根根倾倒时，群体力量是唯一一股势不可当的力量，且日渐壮大。事实上，我们即将要进入的就是群体时代。

在一个世纪以前，欧洲各国的传统政策和君主间的敌对是引发各种事件的主要原因。民众意见对此起到的作用微乎其微，或者说根本不起任何作用。如今却恰恰相反，过去得到承认的各种政治传统、统治者的个人偏向及其相互敌对不再起作用了，民众的声音占据了主导地位，也正是这股声音向统治者传达了民众的心声。统治者的言行必须努力向这股声音所传达的内容靠拢。于是，现在国家的命运完全听凭于民众的安排，不再受议会的掌控。

民众的各个阶层逐步进入政界是过渡期最显著的特征之一，这表明他们正日益向统治阶层转变。普选权的实行在很长一段时间内没有产生太大影响，可能不像人们认为的那样，是这种政治权利转移的显著特征。民众力量的不断扩张始于某些观念的传播，当这些观念慢慢渗透进人们的思想里，致力于实现这些理论想法的个体便逐渐结成团体。也正是通过团体，民众开始获得一些同他们自身利益相关的观念（即便这些利益并不十分公正，也会有非常明晰的界定。）并最终意识到了自己力量。

之后，他们开始不断的成立各种联合组织，使一个又一个权力组织对他们俯首帖耳；他们还成立了工会，不顾经济规律试图改善工作环境和工资待遇；他们来到政府议会，那里的议员懈怠、顺从，只是委员会选出来的传声筒。

今天，民众的要求变得越来越明确，无异于要把现存的世界彻底推翻，他们企图将社会带回到文明降临之前的原始共产主义，因为那时的人类群体正处于一种健康的状态。他们的要求有：限制工作时间，将矿场、铁路、工厂和土地国有化，平均分配所有产品，为了民众利益消灭一切上层阶级等等。

群体不善思考，所以易于采取行动。他们目前的组织使他们的力量日益壮大。我们亲睹其诞生的那些信条，很快将具有旧式信条的效力，即不可置疑且独断至上的力量。群体的神权即将取代君主的神权。

那些与中产阶级意气相投的作家，最能反映中产阶级相当狭隘的思想、僵化的观点、肤浅的怀疑主义以及不时表现出的过度自我意识。这些作家因为看到这股新兴力量正不断壮大而感到不安。为了与人们混乱的思想对抗，他们向过去被他们嗤之以鼻的教会道德势力发出了绝望的呼救。他们说科学已经沦丧并心怀忏悔的皈依罗马教廷，提醒人们记住那些具有启示性真理的学说。

这些新的皈依者忘了，现在已为时晚矣。假使他们真的感动于神的恩宠，类似的行为也不会对他们的思想产生同样的影响，因为他们并不大关心最近宗教信徒全神贯注的事情。今天群体否定的诸神，早已被其训诫者否定并予以毁灭。没有任何力量能够使河水溯流求源，无论这种力量是来自上帝还是人类。

科学并未沦丧，也从未陷入目前这种思维混乱的状态，而且新兴势力也并非是从这种混乱的状态中产生而来的。科学向我们预示的是真理，至少是一种我们智力可以把握的知识，如各种关系之间的知识。科学从来不是和平或幸福的象征。它高高在上，对我们的感情波动和悲恸无动于衷。我们能做的就是设法适应科学，因为没有任何力量可以恢复被它摧毁的假象。

从所有国家存在的普遍现象中都可以发现群体力量正在迅速壮大，根本不容我们做如是理想的设想：群体一定会在不久后停止发展。不论命运为我们预留了什么，我们必须接受这种势力。一切反对它的理论都只是徒劳无功的坐而论道。群体力量的出现很可能标志着西方文明即将陨落，它可能彻底倒退到混乱的无政府状态，而这是每个新社会诞生的必然前奏。阻止这种倒退可能吗？

迄今为止，彻底摧毁一种衰落的文明是群体最明确的任务。这当然不是只有现在才能发现的迹象。历史表明，当文明赖以形成的道德力量失去效力时，它的最终瓦解总是由无意识且野蛮的群体完成，我们完全有理由称他们为野蛮人。文明向来只由少数知识贵族阶级创造并掌控着，而绝非群体。群体只有强大的毁灭力量。他们的统治总是趋向于野蛮时期的统治方式。

一种有着固定规章制度和纪律准则、从本能的自发状态进入到自觉的理性状态的文明，属于文化的高级阶段。这种文化的高级阶段决定了群体仅靠他们自己的力量是无法实现上述所有事情的，这点通过群体实践得到了证明。由于群体力量的纯粹破坏性使他们在文明发展中起到的作用类似于微生物，不是加速衰弱者死亡，就是促进尸体分解。于是，当文明的大厦开始腐朽，使它倾倒的总是群体。也正是这个关键时刻，使群体的主要任务变得清晰明了。此时，人多势众的原则似乎成了唯一的历史准则。

我们的文明会经历同样的命运吗？这种担心并非毫无来由，但是，目前我们还无法做出肯定的回答。

不论答案如何，我们必定会屈服于群体力量。因为群体缺乏远见，这使得可以控制他们的障碍已被一一清除。

当群体逐渐成为谈论焦点时，我们却还对其知之甚少。专业心理学研究者常常忽视群体的存在，因为他们远离群体生活，所以即使他们近来把目光转向群体，也只对犯罪群体加以关注。犯罪群体的确存在，但是我们也会遇到英勇高尚的群体和其他各类群体。犯罪群体只是构成群体心理的某一特定阶段。我们不能仅仅通过研究群体的罪行来了解群体的精神构成，就像我们不能只通过描述个人罪行来了解一个人一样。

实际上，世界上所有伟人、宗教或帝国的缔造者、信徒、杰出的政治家，甚至仅仅是小群体的带头人，都是自发的心理学家。出于本能他们对群体性格非常了解，也正是因为他们准确的把握了群体的性格特点，所以能够不费吹灰之力的确立起自己的领导地位。

拿破仑对其国家的群体心理有着深刻的了解，但是有时他对其他种族的群体心理却一无所知[1]。正是由于这种无知，他征战西班牙尤其是俄罗斯时，使自己率领的军队多次遭受重创。这些致命的打击注定会让他在短时间内走向毁灭。

今天，对于那些既不希望去控制群体，也不希望被群体所控制的政治家们（这正变得十分困难），掌握群体心理学的知识已经成了他们最后的救命稻草。

只有对群体心理有了一定的认识后，才能理解法律和制度为什么对他们行为的约束力会微乎其微，才能理解除了强加给他们意见之外，他们是多么缺乏坚持己见的能力。领导他们，不能用那些以纯理论公平学说为基础的办法，而要找那些让他们印象深刻、能够诱惑他们的学说。例如，打算新增一项税收的立法者，应该选择理论上最公正的办法吗？当然不是。实际上对于群体而言，也许最不公正的恰恰是最好的。因此，那些隐蔽的、表面看来负担最小的征收办法往往是群体最易接受的。

所以无论间接税多高总是会被群体接受，因为每天为消费品支出少量的税金不会影响群体的习惯，况且这种行为是在不知不觉中完成的。用工资或其他任何一种收入的比例税代替间接税，这将会造成一次性大笔支出，就算这种新的税收办法在理论上比其他税收办法带来的负担小 10 倍，仍会引起群体的抗议。

一次性大笔支出会使数额显得巨大而让人产生联想的税收，被不易察觉的多次小笔税金支出取代，所以新税不会显得沉重。而这种经济行为所涉及长远目光的计算，群体是不具备的。

这是个最简单而贴切的例子，人们很容易理解。这自然也没有逃过拿破仑这位心理学家的眼睛。但是，由于现代立法者对群体特点的无视使他们无法意识到这一点。经验至今没有使他们充分认识到，群体从不按纯理性的教导出牌。

群体心理学还有许多其他实际应用。掌握这门科学有助于我们更清晰的认识大量历史和经济现象，相反，如果我们对这门科学一无所知，那么我们将会无法看透历史。

我将指出，为何现代著名历史学家泰纳（Taine）对法国大革命中所发生事件的看法有时也不完全正确，原因在于他从未研究过群体特征。在研究这一复杂的历史时期时，他用博物学家常用的描述性方法来指导研究，而博物学家研究的现象中几乎不存在道德因素。然而，道德因素却是推动历史发展的主脉。

因此，仅从实际应用看，群体心理学是值得研究的。即便完全出于好奇心，也是值得关注的。破译人们的行为动机就像确定某种矿物或植物的属性一样有趣。我们对群体特征的研究仅仅是调查结果的一种简单概括和总结，除提出一些启示性看法外，不要对这项研究抱太多期望，会有人为它打下更为牢固的基础。今天我们只是对一片几未开垦的处女地表层进行挖掘。

第1章

群体一般特征：受人摆布的玩偶

群体中累加在一起的是愚蠢而非天生的智慧。如果我们把“整个世界”理解为群体，那么根本不像人们常说的那样“整个世界比伏尔泰更聪明”，确切的应该是“伏尔泰比整个世界更聪明”。

群氓之族

从一般意义上来讲，“群体”是指个体的聚集体，至于他们属于哪个民族、从事什么职业、何种性别、出于什么原因走到一起无关紧要。但是从心理学角度看，“群体”有着完全不同的含义。在某些既定条件下，且只能在这些条件下，聚集成群的人们会呈现出一些新特点，这些新特点完全不同于群体中个体所具备的特点。这群人的观念与想法渐渐趋于一致，他们自觉的个性逐渐消失，形成群体心理。

毫无疑问，这种群体心理是暂时的，但呈现出的特点是清晰、明确的。于是，这样的个体聚集体成为一个组织化的群体，我姑且先如此称之，因为没有一个更好的说法，或许心理群体这一说法更为可取。它成了一个单独的存在体，并受群体精神统一规律的支配。

很明显，仅仅由于一群人偶然发现他们彼此同处一地，并不能使他们获得组织化群体的特点。从心理学角度看，当1000个人偶然聚集在公共场所，由于没有任何坚定的目标，他们根本不足以构成一个群体。要想具备组织化群体的特征，某些前提条件必不可少，我们必须对其性质加以确定。

一个群体向组织化群体转变的首要特征是：自觉个性的消失以及观点的明确转变。因此，组织化群体并不总是需要一定数量的个体同时出现在某个地点。有时在某种强烈情感的作用下，数以千计的孤立个体也可能获得心理学意义上的群体特征，如民族事件。

在这种情况下，一个偶发事件就足以促成他们聚集起来展开行动，从而立刻获得群体特有的特征。有时，五六个人就可能构成一个心理学意义上的群体，而偶然聚集在一起的数百人却算不上。此外，虽然不可能看到整个民族聚在一起，但在某些影响的作用下，他们也会成为一个群体。

这种心理群体一旦形成，他们便会获得某些暂时而明确的普遍特征。除这些普遍特征外，他们还有独有特征。这些独有特征因群体构成要素的不同而各不相同，因此群体精神结构也会有差异。所以，心理群体是可分类的。当我们深入研究该问题时会发现，异质群体（即由不同要素构成的群体）与同质群体（即由派别、身份团体和阶级等大体相似的要素构成的群体）会表现出某些相同的特征，除这些相同特征外，他们还具备使彼此相区别的独有特征。

在深入研究不同类型的群体之前，我们必须首先考察他们的共同特点。我们将采取博物学家的研究方式：先描述一个族系全体成员的普遍特点，然后再研究其中不同种类相互区别的独有特征。

对群体心理，不易做出精确的描述。因为他们的组织不仅因种族和构成方式不同而不同，而且随群体所受刺激的性质和强度不同而改变。不过，个体心理学研究同样也会遇到这样的问题，因为个体性格终其一生保持稳定性的例子只有在小说中才会出现。只有环境的稳定性才会形成明显的性格稳定性。

我曾在其他文章中指出，一切精神结构都内含着性格变化的各种可能性，环境的突然变化会使这种可能性显现出来。这解释了为何法国国民公会中最野蛮的成员之前不过是些谦逊的市民。如果在正常情况下，他们会是温和的公证员或高尚的地方官。风暴过后，他们又恢复了市民安分守己的本来性格。拿破仑在他们中间找到了最温顺的臣民。

我们不可能全面研究不同组织程度的所有群体，我们只能更专注那些已经完全达到组织化程度的群体。这样我们会看到群体将来的发展趋势，而非他们一成不变的样子。因为，只有在发达的组织化基础上，种族稳定的、具有优势的主要特征才会被赋予某些新的特点。这时，群体中所有人的看法与观念都会向同一个方向转变。只有在这种情况下，我前面提到的群体精神统一的心理规律才会发生作用。

在群体心理特征中，有的特征与孤立个体所具有的特征是相同的，而有的特征则完全为群体所特有且只能在群体中看到。这些特征正是我们首先要研究的，以便揭示它们的重要性。

心理群体最显著的特征是：构成群体的个体无论是谁，他们的生活方式、职业、性格或智力水平是否相同，他们成为一个群体的事实使他们获得了一种群体心理。与他们处于孤立的个体状态相比，这种群体心理使他们的情感、看法以及行为方式变得和平时迥然不同。若不是形成群体，某些观念或看法在个体身上根本不会产生，或根本不会付诸行动。

心理群体是一个由各种要素构成的暂时现象，当他们聚集在一起时，就如同细胞重新组合构成新生命体一样，重组的新体表现出的某些特点与单个细胞所具有的特点大不相同。

令人讶异的是，与哲学家赫伯特·斯宾塞（Herbert Spencer）观点相反，构成群体的人群，不存在要素间的总和或平均值。实际情况是，随某些新特点的产生而形成了一种新的组合体，像是某些化学元素，如酸、碱反应后生成一种新物质一样，这种新物质的特性与使它形成的那些物质特性相比，已大为不同。

证明群体中的个体不同于独立个体并不困难，然而要找出这种不同的原因却不那么容易。

要想对其有一个大致的了解，首先必须记住现代心理学所主张的真理：

无意识现象不仅在有机体活动中,还在智力活动中起着绝对重要的作用。与精神活动中的无意识活动相比,有意识活动只起着很小的作用。即使是最细心的分析家和最敏锐的观察家,也只能找出支配人们行为的无意识动机的一小部分原因。

我们的有意识行为是无意识的深层精神结构的产物。这种深层精神结构主要受遗传因素控制,包含了无数世代相传的共同特点,构成了种族特征。在我们公开的行为动机背后必然有一些我们不愿透露的原因。然而在这些隐藏的动机之下,还有另外许多连我们自己都不知道的原因。我们大部分日常行为都是由这些我们毫无察觉的动机引起的。

正是构成种族特征的无意识因素,使种族中的个体彼此相似。然而因为遗传因素而形成的有意识因素,或者是通过教育获得的有意识因素,又使种族中的个体彼此相区别。在智力上差异较大的个体,却拥有着十分相似的天性、爱好与情感。任何涉及情感的事情,如宗教、政治、道德、爱憎等,即使最杰出的人也很少比普通人处理的更出色。在智力上,一位伟大的数学家与鞋匠之间也许有着天壤之别,但在性格上,他们的差别往往微乎其微或根本没有差别。

准确的说,种族中大多数人在同等程度上都具备这些普遍的性格品质,它们受无意识因素支配。正是这些品质构成了群体的共同特征。在群体心理中,个体才能的弱化导致个性的趋同。异质性被同质性吞噬,无意识取得上风。

受人摆布的玩偶

群体共有的一般品质导致他们无法完成高水平的工作。涉及普遍利益的决定是由精英群体组成的议会做出的，但是来自不同行业的专家们并不比一群傻瓜所做出的决定更高明。因为，他们只能用每个普通人与生俱来的一般能力处理手头的工作。群体中累加在一起的是愚蠢而非天生的智慧。如果我们把“整个世界”理解为群体，那么根本不像人们常说的那样“整个世界比伏尔泰更聪明”，确切的应该是“伏尔泰比整个世界更聪明”。

如果群体中的个体仅把他们共有的一般品质集中在一起，那么只会产生明显的平庸，而非我们实际上想象的会创造新的特点。那么，那些新特点是如何形成的呢？这正是我们现在所要研究的重点。

群体特征不为独立个体具备的特点的形成受各种因素影响。首先，仅从人数上考虑，当个体成为群体中一员时便获得了一种不可战胜的力量，这股力量使他听任本能的支配。当他独自一人时，必将竭力压制这种本能。这是因为，群体无名无姓，他难免会认为群体无需承担任何责任，这样一来，一直约束着他的责任感便随之全部消失。

其次，相互传染的现象同样影响群体特征的表现以及发展方向。相互传染是一种易于形成却难以解释的现象。我们必须将其看作是催眠现象的一种，下面我们做一个简要的解释。在群体中，每种情绪与行为都具传染性，这种传染性可以使个体甘愿为集体牺牲个人利益。这种行为与其本能相悖，如果不是成为群体中一员，他几乎不会具备这种行为。

第三个原因，也是最重要的原因，它决定了群体中个体特征有时会同独立个体特征截然相反。这里我指的是群体容易接受暗示的特征，它恰好是上述相互传染的结果。

要想理解群体的暗示性，我们必须记住近来某些心理学发现。

我们知道，今天通过某种方法可以使人陷入完全失去个人意识的状态，而且他们对使自己失去个人意识的暗示者言听计从，并做出一些与本人性格、习惯相对立的行为。最细致的观察资料似乎已经证明，当个体融入群体活动一段时间后，他很快会发现自己陷入了某种特别状态——要么是因为受到群体暗示的影响，要么是因为一些我们不曾在意的原因。

这种状态好比催眠者对某人进行催眠，而被催眠者像着了魔似的听凭催眠者的摆布。就被催眠者而言，他的大脑活动暂停了，脊髓神经控制的无意识活动主宰了他，因而受到催眠者随意支配，有意识人格完全消失，意志力与判断力荡然无存，所有情感与思想被催眠者掌控。

从总体上看，心理群体中的成员也处于相似的状态中。他们的行为不再是自觉的，如同受到催眠的人一样，某些能力丧失的同时其他能力得到极大凸显。受暗示作用的影响，个体会在难以抗拒的冲动下完成某项行动。

群体中形成的冲动比起被催眠者受到的冲动更加难以抗拒，原因在于暗示对群体所有成员有着相同的作用，并通过相互传染扩大影响。群体中具有强大个性而足以抵抗暗示作用的个体数量极少，因此难逆大势。他们最多尝试用不同的暗示来扭转方向。因此，有时一句令人愉快的话语、一个适时唤起的形象，就可以阻止群体最残暴的行为。

因此，我们总结出了群体中个体主要具备的特征：有意识人格的消失，无意识人格的凸显；通过情感与观念的暗示作用与相互传染使所有个体朝同一个方向转变并立即将暗示转化为行动。这些群体中的个体不再是原来的自己，他们已经成为不再受个人意志支配的机器人。

再者，仅就个体成为群体成员的事实而言，他们已在文明的阶梯上倒退了好几步。因为，当他们独立存在时可能知书达理，但成为群体的一员后，却变得野蛮无知，成为行为受本能控制的动物。他们变得无法自制且残暴无比，表现出原始人类的狂热与无畏。与原始人类更为相似的是，他们易受某些话语和形象的影响，而当他们独立存在时，这些话语和形象对其完全不起作用。

他们也更容易做出一些与切身利益和日常习惯相悖的行为。群体中的个体，仿佛是空气中的尘埃，可以被风吹到任何地方。

正是基于上述理由，我们才会看到陪审团做出了陪审员个人会反对的判决；议会通过了独立议员会反对的法律法规；法国大革命时期，国民公会的成员各自独立时是性情温和的开明公民，然而一旦结为群体，他们就会毫不犹豫的拥护最野蛮的提议，将无辜的人送上断头台。他们会一反常态，放弃自己神圣不可侵犯的权利并将自己极度弱化甚至毁灭。

群体成员不仅在行为上和他本人有着根本的差别，甚至在他完全失去独立性之前，他的观念与情感就已经发生了转变。这种转变是巨大的，守财奴可以变得挥霍无度，怀疑论者可以变得虔诚笃信，诚实正直的人可以变得如罪犯般穷凶极恶，懦夫也可以变得英勇无畏。

例如 1789 年 8 月 4 日那个难忘的夜晚，法国贵族一时冲动，全体表决通过放弃所有特权，然而，如果换做任何一个贵族成员单独决定这件事，他们每一人都是绝对不会同意这样做得。

因此我们可以得出结论：在智力上，群体总是不及独立个体，但是从情感及其引起的行为来看，群体可能比独立个体更好也可能更糟，这全因环境而定，一切取决于群体所受的暗示性质。这就是被仅从犯罪角度研究群体的作家完全忽视的一点。确实,群体常常罪行累累,但也不可忽视其常常也不乏英勇无畏的壮举。

正是群体而非个人,会为了某种信条或思想的胜利不顾生命,满怀热情的追求荣誉。这导致就像十字军东征时期,在几乎弹尽粮绝的情况下,东征军仍向异教徒讨还基督的墓地;或者像 1793 年那样捍卫自己祖国的事件的发生。这种英雄主义行为无疑是无意识的,然而正是这种无意识的英雄主义行为铸造了历史。如果人类只是沉着冷静的建功立业,世界史中便不会保留太多关于他们的记载。

第2章

感情的傀儡

群体在行事之前绝不可能做出任何计划。他们可以被前后完全矛盾的观点激发，但是，他们又总是受到此刻刺激的影响。他们仿佛是被狂风卷起的树叶，四处飞散后飘落地面。

在概括的阐述了群体的主要特征之后，我们将进一步更具体的研究这些特征。

我们应当注意到，冲动、暴躁、缺乏理性、判断力与批判精神、态度极端等群体特点，几乎在女性、野蛮人和儿童等低级进化形态的生命体中都可以发现。这一点我只是顺便提及，本书将不对此做论证。因为，这不仅对那些熟悉原始人类心理的人无多大意义，而且也很难使对此一无所知的人信服。

下面我将逐一探讨出现在大多数群体中的不同特征。

冲动的奴隶

我们研究群体基本特征时曾表示，群体几乎只受无意识动机的支配。换句话说，他的行为主要是受脊髓神经而不是大脑中枢神经的支配。就这一点来说，群体与原始人类十分接近。就群体执行力而言，他们可以表现得近乎完美，但是这些行为也不是受大脑控制，而是由其所受刺激因素决定。所有来自外部的刺激因素都会对群体产生决定性的影响，并且群体的反应总是会不断发生变化，其中最显著的表现是他们的言行。

群体是冲动的奴隶。与群体成员一样，独立个体同样会受到这种刺激因素的影响，但是他的大脑会告诉他不要冲动、这是不明智的，因此他们会及时控制自己的情绪从而不被影响。从心理学角度解释这种现象，即是独立个体具备控制本能的能力，而群体缺乏这种能力。

根据群体受到刺激因素的不同，他们听从的冲动也会随之发生变化，既可能是仁慈的或残暴的，也可能是英勇的或怯懦的。但是有一点不变，即这些冲动总是极为强烈，即使是个人利益甚至自我保护意识都无法控制它。群体受到的刺激因素多种多样并且总是屈从于刺激支配，因此他们极端善变。这就解释了为什么群体能够在转瞬间由凶猛残暴变得英勇仁慈。群体既可以充当刽子手屠杀生灵，也可以如烈士般英勇就义。他们可以为了信仰的胜利，不惜血流成河。

若想见证群体做出的种种壮举，我们不必重返英雄时代。因为他们在起义中同样从不吝惜自己的生命，不久前，一位声名鹊起的将军[2]轻易的赢得了上万人的支持，这些人为了他的事业甘愿赴汤蹈火。

因此，群体在行事之前绝不可能做出任何计划。他们可以被前后完全矛盾的观点激发，但是，他们又总是受到此刻刺激的影响。他们仿佛是被狂风卷起的树叶，四处飞散后飘落地面。下面我们将研究革命群体，并通过一些例子来证明群体态度的易变性。

群体的易变性使他们难以被控制，尤其是当他们掌握了一定的公共权力之后这种特性变得更加明显。当日常生活的各种必然规律不再具备潜在的调控力时，民主便不可能再维持。群体虽有各种狂乱的想法，却无法持久，因为他们无法做出任何长远的打算或思考。

群体不仅冲动、善变，而且野蛮暴躁。他们从未想过有什么事情或者任何人可以阻止其欲望的实现。因为人数上的优势让他们觉得无所不能，所以他们根本不理解这种障碍。对群体成员而言，不可能的概念在他们的意识里根本不存在。

独立个体清楚得知道，孤身一人时他是不可能向宫殿纵火或抢劫商店的，即使有了这样的念头他也能轻易摆脱。成为群体一员后，他会意识到群体赋予他的力量，这足以唤起他杀人、抢劫的念头并立即将其付诸行动。任何意料之外的障碍都会被他们狂暴的摧毁。人类机体确实可以产生这种激愤情绪，而且在某种意义上，群体欲望受阻的正常状态正是这种激愤情绪。

种族的基本特点是我们对事物产生不同态度的不变原因，它一直影响着群体暴躁、冲动和善变的性情，就像一直影响着我们必须研究的民意一样。

所有群体都是暴躁、冲动的，但程度却大有不同。例如拉丁人与安格鲁撒克逊人之间存在明显的差异。有关这一点，最近的法国历史事件为其提供了十分生动的说明。25年前，据说一份有辱某位大使的电报被公布后，引爆众怒，立即导致了一场可怕的战争。几年后，越南谅山一份有关无足轻重的失败战役电文再次引起轩然大波，结果导致政府立即垮台。与此同时，英国在远征苏丹喀土穆时遭遇了一场相当严重的失败，但在英国国内只引起了轻微的反响，没有任何一位政府官员因此受到牵连而被革职。

任何地域的群体都有些女性特质，拉丁族群最为显著。凡是被他们深信不疑的人，命运都会发生极大改变。但是这样做无异于行走在悬崖边缘，有天注定会摔入深渊。

永远徘徊在无意识边缘

我们在给群体下定义时曾提到,他们的一个普遍特征是极易受人暗示,我们还指出了在一切人类群体中暗示的传染性所能达到的程度。这解释了群体态度为何能迅速的朝某个方向转变的原因。通常,群体总是在期待中关注某事,因此很容易被暗示,尽管人们认为这点不值一提。最初的暗示经过相互传染后进入群体所有成员的大脑,接着群体态度趋于一致并很快成为既成事实。

当所有个体处于暗示作用的影响下时,进入大脑的念头很容易转变为行动,无论是纵火焚毁宫殿还是自我牺牲,他们都一样毫不犹豫。他们所做的这一切取决于刺激的性质,而不像独立个体取决于受到暗示的行为与全部理由之间的关系。

因此,群体永远徘徊在无意识边缘,随时接受一切暗示的指挥。他们所表现出的所有强烈的情感是缺乏理性、批判力、极端轻信的人所独有的。我们要牢记,对于群体而言没有不可能这个概念,这样我们就可以轻而易举的理解群体为什么会有编造并传播各种神话故事的能力了。[3]

在群体中能够轻易传播神话的原因,不仅仅源于他们极端轻信的禀性,还是群体奇思妙想、过度歪曲的结果。受到群体关注的最简单的事很快会变得面目全非。因为群体往往会通过形象思维将一连串前后毫无逻辑的形象联系在一起。就如同我们有时因为回想某件事情而引出一连串的联想一样，群体的这种状态很容易被理解。理性告诉我们这些联想是零散且不连贯的，而群体不仅无视这一点，还将扭曲的想象与真实相混淆。

群体很少对主客观的概念加以区分。他们把脑中出现的虚幻形象当作真实的，尽管这些假象常常与我们看到的事实之间仅有一丝微弱的联系。

由于群体成员性格各不相同，因而他们歪曲所见事情的方式也应该不计其数、多种多样。但事实并非如此。在相互传染的作用下，群体歪曲事实的方式是一致的并在群体所有成员中呈现相同形态。

群体成员对事实的第一次歪曲是传染性暗示过程的起点。在耶路撒冷墙上的圣乔治（St.George）出现在所有十字军官兵面前之前，在场的人中肯定有一个人首先感应到它的存在。在暗示和相互传染的作用下，这个人编造的奇迹会立即被所有人接受。

这种集体幻觉的作用机制在历史进程中经常发生，这种幻觉似乎具备了真实性的所有特点，因为成千上万人目睹了这些现象。

要想反驳上述所言，无需考虑群体成员的智力因素。因为自他们成为群体一员的那一刻起，有识之士便与无知之辈一样失去了观察力。

这一论点似乎自相矛盾。要使人们深信不疑，必须对大量历史史料进行研究，仅凭所写的几本著作，是不能达到预期效果的。

然而，我不希望让读者觉得这些结论是未经证实的。下面我要给读者举几个例子，它们都是从无数可以引用的事例中随机抽出来的。

下面这个例子极具典型意义，因为它是发生在受集体幻觉支配的群体身上的事实。该群体成员来自各个阶层，个人素质参差不齐，即有最无知的人，也有最博学的人。海军上尉朱利安·菲利克斯（Julian Felix）曾在他的《海流》一书中偶然提及过此例，此外，《科学杂志》也曾引用过。

护卫舰“贝尔·波尔号”在公海巡航，寻找在风暴中失散的巡洋舰“波索号”。当时天气极好，阳光明媚，突然一个守卫发现了有船只发出的求救信号。全体船员一齐朝信号指示的方向望去，他们清楚地看见一只载满遇难者的木筏被几条显示遇难信号的船只牵引着。然而这只不过是集体幻觉。

舰队司令德斯弗斯（Desfosses）命令船员放下一条船去营救遇难士兵。快接近目标时，船上的官兵看到了这样一幅景象：在混乱的人群中，到处是伸着双手求救的人，而且还能隐约的听见人们发出的混杂不清的哀号。但是当他们到达目标时却发现，面前漂浮的不过是从附近海岸漂来的几根长着叶子的树枝。在真切的事实面前幻觉消失了。

在这个案例中，我们可以清楚地看到集体幻觉的作用机制。一方面，船上官员在期待中关注某件事；另一方面，守卫发现船只失事的信号这一暗示，通过相互传染被在场全体官兵接受。

当眼前发生的事实遭到歪曲，真实被无关的幻觉取代时，并不需要许多群体成员参与这一过程。一旦少数个体聚成群体他们会立刻呈现出在其专业之外群体的所有特征，即使他们一个个学富五车，其独立个体时所具有的观察力、批判精神也会立即消失。敏锐的心理学家戴维（Davey）为此给我们提供了一个有趣的例子，十分恰当的阐释了这一现象，最近曾被《心理学年鉴》引用。

戴维先生把一群杰出的观察家召集起来，其中包括英国最著名的科学家华莱士（Wallace）。戴维先生让观察家们检查完物体并按照他们的意愿对物体做好印记后，当众演示了招魂术，即让刻在岩石上的神灵现形的过程，然后让他们写下观察记录。在随后的报告中，这群杰出的观察家一致认为这种现象只有通过超自然的手段才能实现，而戴维先生表示他不过是用了点小把戏。

叙述这段事例的作者指出“在戴维先生的研究中最令人吃惊的特点不是神奇的骗术本身，而是外行旁观者极度缺乏说服力的报告。”他说：“很明显，这些旁观者都给出了有充分细节却无法证实的完全错误的描述，但如果他们的描述被认为是正确的，那么他们所描述的现象就不能用骗术解释。戴维的方法简单得让人感到吃惊。但是他具有控制群体思想的能力，让群体相信他们看见了自己没有看到的东西。”

这个事例仍然是催眠者控制被催眠者的魔力。而且当这种魔力作用于那些思维逻辑较强或原先抱有怀疑态度的人时都可以发挥效力，那么，普通群体为何能够如此轻易受骗上当就不难理解了。

类似的例子还有很多。当我在写这些文字的时候，报纸上充斥着两个小女孩在塞纳河溺水身亡的报道。最初，五六个旁观者信誓旦旦地说，他们清楚地看到了那两个女孩。所有证词一模一样，不容法官再有疑虑，于是签署了死亡证明。但就在为孩子举行葬礼时，人们惊奇地发现，本以为死了的孩子还活着，并且她们和溺死的女孩并无多少相似之处。

就像之前提到的几个案例一样，第一个目击者本身就是幻觉的牺牲品，他的断言足以影响其他目击者的判断。

在这类事例中，暗示的起点通常是由个人模糊回忆引起的幻觉，当最初的幻觉得到肯定后，就会相互传染。如果第一个目击者不那么坚持自己的观点，除去所有与真实相似的地方，当他自认为辨认出的尸体呈现出某些让人联想到另一个人的特征时，如一道伤疤或是一些打扮上的细节，就会使他摇摆不定。当这种联想变得清晰具体时就会干扰他的理解力，麻痹一切判断力，并成为这一过程的核心。因此，目击者看到的不再是事物本身，而是在他脑海中唤起的幻觉形象。

这就解释了近来被报纸重提的旧闻中，母亲为什么会认错孩子的尸体的现象。在这个事例中，我们可以准确的找出上述幻觉作用机制中的两种暗示。

那个男孩认出了这个孩子，但他弄错了。接着一系列无根据的辨认开始了。

一件特别的事情发生了，就在那个男孩辨认出尸体的第二天，一个妇女惊叫道："天哪，那是我的孩子！"

她走到尸体旁，仔细检查了孩子的衣服和五官，突然她发现孩子的额头上有一道疤。她说："肯定是我儿子，他是去年7月失踪的，他一定是被人拐走害死的。"

这位妇女是福尔街的看门人，姓夏凡德雷（Chavandret）。她的妹夫也被传唤来了，而且他也确信："那是小费利贝（Filibert）。"几个住在这条街的人都把这个在拉弗莱特发现的孩子认作是费利贝·夏凡德雷（Filibert Chavandret），其中包括孩子的老师，他是根据孩子佩戴的奖章做出判断的。

然而，邻居们、她的妹夫、老师以及孩子的母亲都错了。6周后，这个孩子的身份得到确认。他是波尔多人，是遇害后被一伙人运到巴黎的。[4]

值得注意的是，这些误认常常发生在妇女和儿童身上，即最没有主见的人身上。他们向我们表明，这种目击者的证词在法庭上丝毫没有价值。尤其是孩子，决不能对他们的证词信以为真。地方长官总是习惯性的重复说孩子不会撒谎，哪怕他们只懂一点心理学常识也会知道，事实正和他们所说的相反，孩子们在不断地撒谎，虽然这种谎言是无心的，但它依然是谎言。正像经常发生的那样，通过一个孩子的证词决定被告的命运，还不如用掷硬币的方法来的更好。

让我们再次回到群体观察力这个问题上，我们得出的结论是，集体观察的结果极有可能出错，多数时候只是个人幻觉，而且这种幻觉在传染过程中极容易影响同伴。无数事实证明，明智的做法是完全不要相信群体证词。

在25年前的色当之战中，数千人参与了著名的骑兵进攻，但是这些参战人员的证词五花八门，后人根本无法确定是谁在指挥这场战役。英国将军吴士礼爵士（Wolseley）在最近出版的书中证明，时至今日，在认识滑铁卢战役中最重要的事件上仍存在十分严重的错误。尽管这些事件的真相已被数百名目击者证实。[5]

这些事实向我们证明了群体证词的价值。各类逻辑学专著包含许多证人的一致证词,都是支撑事实真相最强有力的证据。然而就我们掌握的群体心理知识而言,逻辑学专著在这一点上需要重写。最受怀疑的事件一定是那些目击者最多的事件。也就是说,当某一事件受到了数千目击者的证实,通常真相与公认的报道越会相去甚远。

很明显,上述种种现象表明史学著作只能被当作纯粹想象的产物。它们是对一知半解的事实做出自以为是的记述,再加上一些思考后得出的结论,写这种东西无异于浪费时间。如果历史没有留下文学、艺术和其他方面的传世巨作,我们根本不可能了解历史真相。像赫丘利（Hercules）、佛祖或穆罕默德（Mahomet）这些在人类历史上举足轻重的人物,在历史记录中有关他们生平的记录有一句是真的吗？完全可能一句都没有。

事实上,他们的真实生平对我们来讲起不到什么用。我们关心的是这些伟人在大众神话中是以什么样的高大形象征服他们的偶像的。因为对群体心理产生影响的是神话中不朽的英雄,而非现实中一时的英雄。

遗憾的是,虽然书籍明确记录了各种神话故事,但是故事本身却仍在不断发生变化。随时光的流逝,尤其是受种族因素的影响,群体想象力会不断给这些故事增加新的元素。《旧约全书》中嗜血成性的耶和华（Jehovah）与慈爱的圣德肋撒上帝（Sainte Therese）有天壤之别,中国朝拜的佛祖与印度尊奉的佛祖同样也没有多少共同点。

英雄传说被群体想象力改变而使英雄远离我们所需要的时间,不一定要花上数百年,有时这种改变只消几年的工夫。在我们生活的时代便可看到这样的事情,即一位最伟大的历史传奇人物在不到50年的时间里经历了数次嬗变。

波旁王朝时期,拿破仑被塑造成了一位快乐祥和、向往自由的田园派慈善家兼谦卑的友人形象。在诗人笔下,他必将长期留存在乡村人民的记忆中。30年后,这位随和的英雄变成了一位嗜血成性的暴君,他在篡夺权利、破坏自由后,为满足一己私欲发动了一场惨绝人寰的大屠杀,使300万人命丧黄泉。现在,这个传奇人物的故事又有了新的变化。数千年后,未来的学者面对这些自相矛盾的记述,也许会对拿破仑是否存在过发生质疑,如同现在有人怀疑佛祖是否存在一样。

在拿破仑身上,学者们看到的不过是一个光辉灿烂的神话,或是一个赫丘利(Hercules)式传奇英雄的发展史。学者们当然能够轻松应对这种变化,因为与今天的我们相比,他们对群体的特征和心理有更深的了解。他们知道除了神话,历史几乎保存不了什么。

只会被极端感情所打动

群体情感不论好坏都会呈现出双重性——极端简单与夸张，这一点和许多其他方面一样，群体成员作为个体出现时与原始人类是相似的。因为他们无法对事物做出细致的区分，只能从整体上观察事情，从而忽视中间的发展过程。任何情感态度的表露，通过暗示和相互传染迅速传播开来，从而强化群体夸张的情感。这样明确得到群体认可的对象就会变得异常强大。

群体夸张而简单的态度使他们对任何事情都不曾产生怀疑和犹豫。他们就像女性一样，会一下子陷入极端，怀疑一说出口，立刻会被视为不容置疑的证据。厌恶或对立的情绪不会对独立个体产生很大影响，却会在群体中立刻引起强烈的憎恶。

特别在异质群体中，这种剧烈的情感又会因责任感的缺失得到强化。他们知道即便做错事也不会受到惩罚，而且人数越多这一点越肯定，这种由于人数上的优势而会获得的巨大力量的想法，会使群体产生独立个体不会有的情绪和行为。群体中愚蠢、无知和心怀嫉妒的人会摆脱自己卑微无能的感觉，从而产生残忍、巨大的短暂力量。

遗憾的是，群体夸张的情感常常与反面情绪有关。这些情绪是原始人天性返祖遗传的残留，孤立且有责任感的个体会因为害怕惩罚而对此加以克制。因此，群体易于做出极端恶劣的事情。

可是，这并不意味着群体不能在巧妙的影响下，表现出英勇无畏、无私奉献和无比崇高的美德，他们甚至比独立个体更能表现这些品质。在研究群体道德时，我们还将回到这个话题上。

由于群体惯于夸大自己的情感，所以他们极易被极端的态度影响。因此演说者要想激起群体的某种情感，必须言辞激烈、论点强硬。于是，在公开集会上，演说者总结出了最有效的论说技巧，如夸大其词、妄下断言、重复说明、绝对不采用推理的方式证明任何事情。

此外，群体对他们自己的英雄同样具有类似夸张的情感。于是，他们往往会夸大英雄表现出来的某种品德。曾有人正确地指出，群体要求舞台上的英雄具备现实生活中缺乏的勇气、道德和优秀品质。

在剧院中观察事物时会存在一种特殊立场，其重要性已得到正确认识。这种立场无疑是存在的，但是它的衡量标准与常识、逻辑基本毫无关系。吸引群体的手段明显是低级的，但这也需要特殊才能。想要通过阅读剧本说明它们成功的原因往往是不可能的。剧院经理接到这些剧本时，他们自己也不清楚这些剧本是否会成功，要想判断剧本能否成功，他们就必须站在群体的角度去思考和欣赏。[6]

如果再做一次更宽泛的说明，我们会说明种族因素的绝对影响力。一部在某个国家掀起群体热潮的戏剧，但在另一个国家却极可能惨淡收场，毫无成功可言，或者仅仅是取得了部分的、平平的成功，因为它没有产生影响不同种族民众的影响力。

群体的夸张性只表现在情感方面，对智力没有任何影响，这一点无需更多说明。我曾指出，一旦个体成为群体成员后，他的智力水平会立刻大幅度降低。一位有学识的地方官员塔尔德（Tarde），在研究犯罪群体时也证实了这一点。所以，群体的情感要么无比崇高，要么极其低俗，别无其他可能。

偏执和专横的代名词

群体只知道简单而极端的情感。他们对待各种意见、思想和信念，要么全盘接受，要么一概否决，要么视其为绝对真理，要么就视其为绝对谬误。他们在对待通过暗示加以诱导而不是通过推理得出的信念时通常亦是如此。我们意识到，这种偏狭常常与宗教信仰有关，并绝对控制着人们的思想。

一方面，群体不知道何为真理何为谬误；另一方面，由于他们意识到了自己力量的强大，于是让自己的突发奇想变得偏执而专横。个体能够接受矛盾并展开讨论，而群体绝对不行。在公开集会上，演说者哪怕流露出丝毫要提出辩驳的迹象，立刻就会遭到群体的怒吼和痛骂，如果演说者继续坚持自己的观点，很快就会被拳打脚踢的轰下台。如果没有当权者代表在场管制，反驳者多数时候会被打死。

专横与偏狭是所有类型群体的共性，但程度有所不同。在这个方面，支配人类情感与思想的种族概念会重复显现出来。尤其在拉丁族群中，专横与偏狭已经发展到无以复加的地步。实际上，这两种态度在拉丁族群中的发展，已经完全破坏了盎格鲁——撒克逊人强烈的个人独立感。

拉丁族群只关心他们所属宗派的集体独立性。这里所谓的独立性是指，使与拉丁族群信仰相左的人立刻改变其信仰皈依于他们的信仰。自宗教法庭统治时期以来，在不同的拉丁种族中各个时期的雅各宾党人，从未能够对自由做出另外一种解释。

群体对专横而偏狭的情感有明确的认识。他们能轻易的产生这种情感，而且一旦这种情感被强加于群体，他们会立刻将其付诸实践。群体对权势顶礼膜拜，却对慈悲心无动于衷，因为在他们眼里慈悲是软弱的表现。他们对行事温和的主人不屑一顾，但对严厉欺压他们的暴君却俯首帖耳。因此，群体总是会为后者竖起最宏伟的塑像。

但是不可否认的是，群体喜欢践踏被他们推翻的暴君，因为失去权利后，曾经的君主变成了一介草民；人们蔑视他，因为他不再让人感到害怕。群体爱戴的英雄永远像恺撒（Caesar）一样。他的权杖吸引着他们，他的权威震慑着他们，他的利剑让他们心怀敬畏。

群体随时准备对软弱无能者揭竿而起，对强权统治者俯首称臣。如果强权势力时起时落，那么群体因受极端情绪的左右而表现的反复无常，时而肆无忌惮，时而奴颜婢膝。

然而，如果认为群体的革命本能永远会占据其生命的主导地位，那就完全误解了他们的心理特征。这是因为他们的暴力倾向蒙骗了我们。一般而言，他们反叛与破坏行为的爆发总是会十分短暂。群体主要受无意识因素控制，因而过多的受到遗传因素影响，难免会十分保守。如果对他们听之任之，他们很快会厌倦这种混乱无序的状态，从而本能的被别人支配。当拿破仑压制了一切自由，让每个人都强烈的感受到其铁腕政策时，向他欢呼喝彩的正是那些桀骜不驯的雅各宾党人。

如果不充分考虑群体深刻的保守本能，就很难理解历史，尤其是民众革命史。的确，他们有时候希望改朝换代，为了完成这些变革他们甚至会发动暴力革命，但是这些制度的本质在很大程度上代表着种族代代相传的需求，从而使种族完全遵循这些制度。群体的多变性决定了他们的行为只会对一些表面事情产生影响。

事实上，群体和原始人类一样有着坚不可摧的保守本能。他们对一切传统有着绝对神圣的尊崇，对一切有可能改变其生活状态的新事物，内心却藏着深深的无意识恐惧。

在纺织机、蒸汽机和铁路诞生的时代，如果民主派具有向今天一样的权利，这些发明可能不会出现或者需要通过革命和不断的杀戮来实现。对于文明的发展进步而言，值得庆幸的是，在伟大的科学发明和工业出现之后，群体才开始掌握权力。

矛盾共同体

如果“道德”是指始终如一的尊重某种社会习俗、不断抑制内心自私念头的出现，那么很明显，冲动而善变的群体不可能具备道德观念。如果我们把群体某些一时表现出来的品质，如自我控制、自我牺牲、公正无私、献身精神和追求平等也算在“道德”的范畴之内，那么，我们可以肯定地说，群体会时常表现出十分崇高的道德境界。

少数研究群体的心理学家仅从群体的犯罪行为方面对他们进行考察，在总结出他们的犯罪频率后得出了这样结论：群体的道德水平十分低下。

情况常常确实如此。但是原因何在？

原因是源于原始时代野蛮、破坏的本能一直蛰伏在他们体内。独立个体听从这种本能是很危险的，但是当个体成为不负责任的群体成员后，因为不用担心会受到惩罚，所以他会完全放任这种本能。通常情况下，我们不能向自己的同胞发泄这种破坏性本能，所以便将其转移到了动物身上。

群体捕猎时表现出的狂热与残暴有着同样的根源。群体缓缓杀死一个毫无防御能力的受害者时，会表现出一种十分怯懦的残暴。在哲学家眼里，这种残暴与几十个猎人为了取乐用猎犬捕杀一只不幸的雄鹿时表现出的残暴有着密切的联系。

群体有时杀人、放火，无恶不作，但有时也会表现出无私奉献、勇于牺牲以及公正无私等十分高尚的行为，而且比独立个体表现的更崇高。以名誉、光荣和爱国主义为名号召群体，最有可能打动他们，并常常使他们会不顾生命，慷慨赴义。历史上像十字军战士和 1793 年志愿者这样的例子不胜枚举。可见，只有集体能够如此大公无私、勇于奉献。

群体为了自己知之甚少的信仰、思想和只言片语，便敢于直面死亡，这样的事例数不胜数。如群体罢工更有可能是出于服从某个指令而不是为了增加维持生计的微薄薪水。个人利益很少能够成为群体行为的强大原动力，但却是独立个体行为的唯一动机。所以，在许多群体智力无法理解的战争中，支配着他们的不是个人利益，他们甘愿自己像一只被猎人施了催眠术的小鸟一样任意被人宰割。

甚至在一群十恶不赦的坏蛋中也会常常出现这样的情况：他们成为群体成员之后，会暂时表现出对道德纪律的严格服从。对此泰纳为人们提供了这样一些事例，参与“九月惨案”的参与者将他们从受害者身上找到的钱包和珠宝放在了委员会的桌上，虽然他们本可以轻易地将这些东西带走；1848 年革命期间，当杜伊勒利宫被侵占后，一群咆哮、衣衫褴褛的人聚集在那里，但是没有一个人偷偷的侵吞那些让人惊喜不已的物品，虽然其中任何一件东西都可以换取维持多日的食物。

群体对个体的这种道德教化作用，肯定不是一种不变的常规，而是一种可以看到的常态。甚至在不像我刚刚说的那样严重的情况下，也会看到这种道德教化的作用。我曾提到剧院里的观众要求作品中的英雄具备超常的美德这种论断。其实在现实生活中也有这样的事情，如在某个集会中，即使其成员素质低劣，他们通常也会表现得道貌岸然。在某些很危险的场合或交谈中，浪荡子、皮条客和大老粗在交谈时常常会突然变得轻声细语，虽然与他们惯常的谈话相比，他们不会受到什么伤害。

虽然群体常常听任自己低劣的本能放任自流，但也会偶尔成为树立高尚道德的行为典范。如果为了真正或虚幻的理想他们能够做到公正无私、言听计从、无私献身，那么我们认为，群体的这些美德往往就连最睿智的哲学家也无法企及。

当然，他们践行这些美德是无意识的，但这无关紧要，我们不该对此多加指责，指责其过多的受无意识支配而不善于思考。在某些情况下，如果他们开始思考并顾虑起自身利益，那么我们的星球根本不会出现文明，人类也不会拥有历史。

第3章

群体的观念、推理能力和想象力

无论给群体提供何种观念，只有当这些观念十分绝对、坚定而且简单时，才能产生效力。因为，只有这些观念被披上形象化的外衣，才能被群体接受。在这些形象化的观念之间没有任何逻辑上的相似性与连续性，它们可以相互取代，就像放映者从幻灯机中取出的一张张叠加在一起的幻灯片一样。

固有观念的奴隶

前一本书在研究群体观念对各国发展的影响时曾指出，每一种文明都是由少数而稳定的基本观念结合而产生的，而且这些观念很少受到革新浪潮的波及。此外，书中还提及了这些观念是如何的深入民心的、影响这一过程有多么困难以及这些观念得以实现会产生多么强大的力量。最后书中还说，历史大动荡往往就是由于这些基本观念发生变化造成的结果。

我们已经详尽地论述了这些问题，因此我不想再多做赘述。下面我只想简单谈谈群体是如何接受这些观念以及这些观念的表现形式。

这些观念分为两类，一类是由于一时的影响而偶然引起的短暂观念，例如让某个人或某种学说着迷的观念；另一类是基本观念，环境因素、遗传规律以及公众舆论使这类观念极具稳定性，像过去的宗教信仰以及今天的民主思想一样。

这些基本观念如同河流中汩汩的水流，缓缓的追寻自己的方向；短暂的观念像是变化莫测的浪花，不断在水面上方搅动，虽然与前行的水流相比显得更为引人注目，但是却起不到任何实际的作用。

如今，曾被我们祖辈视为精神支柱的伟大基本观念，已经变得摇摇欲坠。它们的稳定性已经完全的被破坏，同时，建立于其上的制度也受到严重影响，同样变得摇摇欲坠。虽然每天都有大量转瞬即逝的次要观念形成，但是它们根本不具备持久的力量，因而不能够产生绝对优势的影响力。

无论给群体提供何种观念，只有当这些观念十分绝对、坚定而且简单时，才能产生效力。因为，只有这些观念被披上形象化的外衣后，才能被群体接受。在这些形象化的观念之间没有任何逻辑上的相似性与连续性，它们可以相互取代，就像放映者从幻灯机中取出的一张张叠加在一起的幻灯片一样。这解释了为何最矛盾的观念可以同时并存于群体之中。

随着时机的变化，群体可以在其理解范围内的不同观念作用下，做出大相径庭的事情。由于群体缺乏批判力，因此无法察觉其中的矛盾。

这种现象不是群体独有的。在许多独立个体身上都可以发现这种现象，包括原始人类以及在某些智力方面与原始人类十分相似的所有个体，如宗教信仰的狂热信徒。我曾经发现受过欧洲大学教育并取得学位的、有教养的印度人就令人费解的表现出了这种现象。

许多西方观念的形成都是建立在稳定而基本的传统观念或社会观念的基础之上的。随着环境的变化，同一个人会表现出种种不同的观念及相应的言行举止，这会使他显得极为矛盾。

这些矛盾其实是表面现象，因为只有世代相传的观念才能够影响独立个体的行为动机。只有当种族杂居，一个人处在不同的遗传倾向中时，他的行为才会左右摇摆真正变得矛盾。这些现象虽然在心理学上十分重要，但是于我们无多大意义，因此不再多做说明。在我看来，要想完全理解它们，至少需要花上10年时间周游各地对它们进行观察。

只有简单明了的观念才能被群体接受，因此当观念经过彻头彻尾的改造后变得通俗易懂时，才会受到大众的欢迎。特别当我们遇到有些高深的哲学或科学观念时，为了迎合群体低下的智力水平，我们需要对这些观念进行深刻的改造。

这些观念如何改造取决于群体或群体所属种族的特点，不过改造的一般趋向是相同的，即将这些观念变得通俗易懂。这也充分的说明了一个事实，即从社会角度看，现实生活中的观念很少出现等级制度，换句话说，观念很少有高下之分。然而，无论一个观念最初有多么伟大或正确，为了能够被群体理解并对其产生影响，其中那些崇高而伟大的成分最终会被剥夺殆尽。

不过，从社会角度看，一个观念的等级价值的内在价值并不重要，我们考虑的是其产生的效果。无论是中世纪的基督教观念、上个世纪的民主观念，还是今天有关社会的各种理念都不能说有多么崇高。从哲学角度考虑，这些观念只能算是一些令人遗憾的错误，但不可否认的是，它们具有十分强大的力量，在未来的很长一段时间内，它们将是决定各国行动的最重要的因素。

但是，即使当某种观念经过改造被群体接受了，也要等到它进入无意识范围内成为一种态度后才能产生影响。这需要很长时间，其中涉及的各个过程我们将在后面进行研究。

要知道，一种观念不会因为仅仅具有公正性便可以对有教养的人产生影响。想要理解这一点，只需看看那些即使是最确凿证据也只能对大多数人起到微乎其微的作用就知道了。十分明显的证据，也许会被有教养的人接受，但是信徒却很快会被无意识的自我重新带回到他原先的观念上。几天后，我们又会看到形同的情景：他们说着完全相同的话，重新提出原有的观点。事实上他们仍受以往观念的影响，因为这些观念已经成为一种态度。只有这些观念是影响我们言行举止最隐蔽的动机。群体的情况同样如此。

当某种观念逐渐渗入到群体心里时，它便具备了支配群体的无穷力量，并会产生一连串的影响，这时，同它抵抗就是徒劳的了。引发法国大革命的哲学思想用了近1个世纪的时间才深入到群体心中。这些思想一旦扎下根，其不可抗拒的力量就得到了世人的见证。

当整个民族为了追求社会平等、实现理论上的权力和理想中的自由奋斗时，所有的宝座都危如累卵，西方世界陷入了深深的动荡之中。在短短的

20 年里，各国互相残杀，欧洲出现了连成吉思汗（Ghengis Khan）和帖木儿（Tamerlane）看了都会心惊胆战的大屠杀。到目前为止，世界还从未出现过因一种思想的传播而引起的如此大规模的屠杀活动。

把某种观念植入群体心里需要很长时间，根除它同样如此。因此，就观念而言群体总是落后学者和哲学家好几代。今天所有的政治家都十分清楚，前面提到的基本观念中掺杂着错误，但是，由于它们仍具有强大的影响力，因此政治家不得不依照这些自己不再相信的理念进行统治。

没有辨别是非能力的弱智

我们不能绝对的说，群体根本不会推理或不受推理的影响。

但是从逻辑上看，他们推理采用的论证以及能够影响他们的论证都十分拙劣，因此，他们所谓的推理只能算是一种简单的类推。

正如高级推理一样，群体的低级推理同样以各种观念的联想为基础，所不同的是，群体所采用的联想的各种观念之间，只存在表面的相似性或连续性。群体的推理模式类似于爱斯基摩人的处事方式，他们凭经验认知事物，如知道冰是一种透明物体并且放在嘴里可以融化后，便认为同样是透明物体的玻璃放在嘴里也可以融化；群体又像野蛮人一样以为吃下勇猛对手的心脏便得到了他的勇气；群体或者又像工人一样，因为受到雇主的剥削，于是立刻认为所有的雇主都在剥削工人。

群体推理的特点是把彼此不同但在表面上有联系的事情混在一起，然后将具体事物普遍化。知道如何操纵群体的人提供给群体的正是这种论证模式。这也是唯一可以影响他们的方式。群体根本无法理解一连串的逻辑论证，因此从这个角度看，我们可以说群体不擅长推理或只会错误推理，而且也不受推理过程的影响。

在阅读某些演说词时，往往会发现很多让人吃惊的破绽，但是，即使是这样，其对听众依旧有很大的影响力。因为这些演说词是用来说服群体的，而不是写给哲学家阅读的。那些跟群体有密切交流的演说者可以找到各种有诱惑力的想象吸引群体。如果他做到了这点,他的目的也就达到了。经过深思熟虑的20篇高谈阔论的长篇演讲,往往抵不上能够说服大脑有号召力的几句话。

对于群体因缺乏推理能力而无法表现出的任何批判精神,即群体无法辨别是非或无法对任何事情做出准确判断的特点,我想无需在多言。群体接受的判断仅仅是强加给他们的,绝不是讨论后采纳的结果。这一点,许多个体与群体一样。某些观点轻而易举地得到普遍认同,更多的是因为大多数人感到他们不能根据自己的推理得出自己的结论。

天才的想象力成为了他们受制于人的软肋

正如缺乏推理能力的人一样，群体形象化的想象力不仅十分强大、活跃而且易受影响。某个人、某件事或某个意外在他们脑海中引发的种种形象，全都栩栩如生。从某种意义上说，群体有如一位暂时失去推理能力的睡眠者，脑中会出现一幅幅十分鲜明的形象，一旦他开始思考，这些形象便立即烟消云散。既然群体不能思考与推理，自然在他们的脑海里也就不会有不可能这个概念。

一般他们认为最不可能的事情往往是那些最不可思议的事情，这就是为什么事件中奇妙而传奇的一面往往更容易打动群体的原因。实际上，当我们在分析文明形成的过程时会发现，正是那些不可思议、传奇般的事件构筑了整个文明史。历史中，凡是表象、虚幻的一面总是比真实的一面起到的作用更重要。

只会形象思维的群体只受各种形象影响，只有形象会使他们感到害怕或受到吸引，从而成为他们行为的动机。

因此，凡是最能塑造鲜明生动人物形象的戏剧演出，总能对群体产生巨大的影响力。对于古罗马民众而言，他们理想的幸福就是有面包吃并能欣赏到场面宏大的演出，除些之外别无它求。在之后的岁月里，他们的理想几乎一直没变。

对群体各种想象力起作用的因素几乎没有什么能与戏剧表演相媲美。所有观众共同体会相同的情感,如果这些情感没有立即变成行动,那是因为最无意识的观众也能意识到自己只是幻觉的牺牲品,他们的喜怒哀乐都是那个虚幻离奇的故事引起的。然而有时候,形象暗示引起的强烈情感很容易变为行动,就像暗示通常起的作用一样。

这类事情我们常有耳闻:大众剧院因为上演了一场严肃剧目,便不得不在扮演反面人物的演员离开时为他提供保护,使其免遭观众的暴力袭击。因为,此时的观众对叛徒的罪恶行径已经义愤填膺,尽管这些罪恶都是想象出来的。在我看来,我们已经看到了群体心理的状态,尤其是暗示群体技巧最显著的表现。这些虚幻的想象对他们的影响几乎与现实一样强烈,但是他们却无意于对两者加以区分。

征服者与国家的权威是以群体想象力为基础树立的。因此领导群体时,尤其要在他们的想象力上下工夫。所有重大的历史事件,如佛教、基督教和伊斯兰教的兴起,宗教改革,法国大革命,都是由于它们对群体想象力产生了深刻影响而带来的直接或间接的结果。

此外,每个时代和每个国家的一切伟大政治家,包括最专制的君主,都一致将群体想象力视为他们权力的基础。他们从未试图通过反对这种想象力来实行统治,拿破仑就曾对国会说:“通过变成天主教徒,我终结了旺代战争;通过变成穆斯林教徒,我在埃及站稳了脚跟;通过变成教皇绝对权力主义者,我赢得了意大利神父的支持;如果我去统治一个犹太人国家,我将会重建所罗门神教。”

继亚历山大(Alexander)和恺撒(Caesar)以来,大概没有一个伟人比拿破仑更懂得如何影响群体的想象力。他始终全神贯注的事情就是如何激发群体的想象力。胜利时、高声训斥时、激情演说时,一切行动中他都牢记这一点,甚至在奄奄一息之际他依然对此念念不忘。

如何影响群体想象力？答案即将揭晓。这里我们只需指出，要想掌握这种本领，通过智力或理性思考是行不通的，即不能通过推理论证。安东尼（Antony）让民众起来反抗刺杀恺撒的人不是通过机智的说理，而是将手指向恺撒的尸体让民众解读他的意旨。

不管激起群体想象力的到底是什么，其采取的形式总是会呈现出惊人的鲜明外表，而且没有琐碎的说明，取而代之的是一些奇妙而神秘的事件：如一场重大的胜利、一个伟大的奇迹、一项十恶不赦的罪行或是一个美好的前景。这些事件必须整个呈现在群体面前，但其起因却要秘而不宣。上百次微不足道的犯罪案件或事故，丝毫不会激发群体的想象力，而一次重大犯罪或大事件却足以给他们留下深刻印象，即使它造成的危害比上百次小案件造成的危害小得多。

几年前，流行性感冒仅在巴黎一地就造成5000人死亡，但是流感的肆虐对民众的想象力却没有产生任何影响。原因在于，这种真实的“大屠杀”不是以某种生动的形象表现出来的，而是通过每周发布的统计数字告知民众的。相反，如果一次造成500人而非5000人死亡的事故，在一天之内发生在公众面前，便会轻而易举地吸引他们的注意力，例如埃菲尔铁塔的突然倒塌肯定会对群体的想象力造成巨大的影响。

在缺乏相关信息的情况下，人们猜测一艘横跨大西洋的汽轮可能已经沉没，这件事对群体想象力的影响持续了整整一周。然而官方统计数据表明，仅1894年就有850条帆船和203艘汽轮下落不明。可是群体绝不会持续关心不断的失踪事件。更重要的是，就造成的生命和财产损失而论，显然，刺激群体想象力的不是事件本身，而是它们发生并引起关注的方式。我的看法是，首先必须对各种事件提炼升华，使它们呈现出令人震惊的面貌从而占据群体思想，挥之不去。了解和掌握了影响群体想象力的方法，也就掌握了控制他们的方法。

第4章

宗教形式的忠实追随者

群体的宗教情感十分简单，像对某位假想领袖的崇拜之情或是对万物力量的敬畏之心。他们会盲目听从这种情感的指挥，无力探讨它的信条是否具有合理性，希望将这些信条传播四海，并将所有不相信它们的人视为敌人。

偏执与狂热是群体信仰的孪生兄弟

我们已经指出群体不善推理，对于观念要么全盘接受要么一概否定，他们拒绝一切讨论，对群体产生影响的暗示会彻底瓦解他们的理解力从而使之立即投入行动。我们还指出给予群体适当影响，他们可以随时准备为理想奋不顾身。此外，群体只有强烈而极端的情感。对他们而言，同情心可以很快变为崇拜，而一旦心生反感便会立刻化为仇恨。这些普遍特征为我们了解群体信仰的性质提供了启示。

当我们进一步考察这些信仰时，就会发现，不论是在有着狂热宗教信仰的时代，还是在发生重大政治变动的时代，例如上个世纪，这些信仰总会呈现出一种独特的表现形式。我将这些信仰称为宗教情感，此外没有更好的称谓了。

这种情感十分简单，像对某位假想领袖的崇拜之情或是对万物力量的敬畏之心。他们会盲目听从这种情感的指挥，无力探讨它的信条是否具有合理性，希望将这些信条传播四海，并将所有不相信它们的人视为敌人。不论这些情感涉及的是无形的上帝、一具木雕或石刻的偶像，还是某个英雄或政治观念，只要其呈现出上述特点，那么这种情感往往就具备了宗教的本质。在同种程度上，它还具备了某种超自然、神奇的力量，因此群体往往在无意识间将这种神秘力量等同于激起他们一时热情的政治信条或得胜的领袖。

当一个人只是崇拜某个神时，不能说他是笃信宗教的。真正具有虔诚信仰的人，会甘愿为了某项事业或某个人倾其所有精神财富与满腔热情，自愿服从它的任何召唤并将它作为个人思想和行动的目标和指南。

偏狭与狂热总是和宗教情感形影相随。当人们自以为掌握了现世或永世幸福的秘诀时，不可避免地会表现出某种偏狭和狂热。当聚集在一起的人们受到某种信仰的激励时，他们也会表现出这两个特点。恐怖统治时期，雅各宾党人的内心虔诚的有如宗教法庭时期的天主教徒，他们残暴的热情同样来源于此。

群体信仰具有宗教情感固有的特点：盲目信从、极端偏执以及对狂热宣传的需求。因此我们可以说，群体所有信仰都具有宗教形式。某个被群体拥戴的英雄是这个群体真正的神，拿破仑就作了15年这样的神。而且，他赢得了比任何神都多的信徒的狂热崇拜，甚至可以轻易取人性命。基督教和非基督教的神也从未对其掌控的思想实行过如此绝对的统治。

一切宗教或政治信条的创立者之所以能够确立自己的地位，就是因为他们成功的激起了群体狂热而盲目的情感，并使群体在崇拜和信服中找到了自己的幸福并甘愿为了他们心中的“神”放弃生命，任何时代都会发生这种事情。

菲斯泰尔·德·古朗士（Fustel de Coulanges）在论述罗马高卢人的杰作中指出，维持罗马帝国统治的绝不是武力，而是由统治者激发出的一种虔诚的敬仰之情。他写道：“如果某种受到群体厌恶的统治形式能够维持5个世纪之久，这在世界历史上将是绝无仅有的……罗马帝国30个军团可以使1亿人臣服于它，这真是不可思议。”

他们臣服帝王的原因在于，在他们眼里帝王是伟大罗马的化身，就像神一样，所以帝王受到了全体人民的一致崇拜。在他统治的范围内，即使最小的城镇都设有膜拜皇帝的祭坛。“那时，整个帝国内出现了一种新兴的宗教，它的神就是帝王。在公元前的很多年内，为了纪念奥古斯塔斯（Augustus）皇帝，由60座城市组成的整个高卢地区建起了和里昂城附近庙宇相似的神殿……那里的祭司同样是当地的名人，由高卢城市共同选定……我们不能认为这一切仅仅是出自畏惧与奴性。崇拜帝王的不是朝臣，而是整个罗马；除了罗马，还有高卢地区、西班牙、希腊和亚洲。”

今天，控制群体思想的大多数伟人已不再拥有各自的祭坛，但他们拥有各自的雕像或是画像，这些都被其追随者珍藏，以他们为对象的狂热崇拜行为与前辈相比毫不逊色。只有彻底地了解了群体心理后，我们才能揭开历史的真相。群体不管需要什么，首先需要的是神。

盲目是群体的禀性

不要以为,盲目崇拜已被理性打破不复存在。在同理性的无止境较量中,情感从未被打败。如今群体不再听到曾长期禁锢他们思想的诸如神灵、宗教之类的表述,但是在过去的100年里,群体从未拥有过如此多的崇拜对象,古代神灵也无缘拥有这样多的雕像与祭坛。

近年来研究过大众运动的人都知道,在布朗热主义的号召下,群体的宗教本能是那么轻易地被唤醒。即使是在乡村小旅馆里都可以找到这位英雄的肖像。他被赋予了匡扶正义、铲除邪恶的权力,成千上万的人愿意为他献出生命。如果他的品质与传奇般的名声完全吻合,他将会成为历史上伟大的人物。

由此可见,断言群体需要宗教显得十分多余,因为一切政治、神学和社会信条,必须伪装在没有争论的宗教外衣下才能扎根于群体之中。如果某个无神论的信仰可以使群体接受,那么这个信仰肯定也会表现出宗教情感中所有偏狭的热情,并很快演变为一种狂热崇拜。实证主义学派的发展史为我们提供了一个有趣的例证。

深刻的思想家陀思妥耶夫斯基(Dostoiewsky)一直被视为虚无主义者的代表,但是有一天,曾经发生在他身上的事情,很快发生在了实证主义者身上。某日受到理性之光的启发后,他撕毁了小教堂祭坛上所有神灵和圣徒的画像，熄灭蜡烛，接着用毕希纳（Buchner）和摩莱萧特（Moleschott）等无神论哲学家的著作取代了那些被破坏的物品，然后他再次虔诚的点燃蜡烛。他的宗教信仰对象变了，但是我们能说他的宗教情感也变了吗？

我再说一遍，只有深刻的了解了群体信仰长期采取的宗教形式后，我们才能理解某些重大历史事件。对于某些社会现象，我们应该更多的从心理学角度进行研究，而不是自然主义角度。

伟大的史学家泰纳只从自然主义角度研究法国大革命，因此他往往看不到事件的真正起因。他对事件的论述很详尽，但是从研究群体心理学的要求看，由于缺乏对群体心理的研究，他的叙述常常缺少事件的起因。事件中血腥、混乱和残暴的一面让他感到惊骇，但是在那场重大的戏剧性事件中他没有看到，那群英雄更是一群癫狂的野蛮人，他们肆意纵横、为所欲为。

我们应该认识到法国大革命不过是一种新的宗教信仰在群体中的建立，这样在理解法国革命的暴力、屠杀、宣传需求和向一切事物发出战争宣言的种种现象时，我们才能做出合理的解释。宗教改革，圣巴塞洛缪大屠杀、法国宗教战争、宗教法庭、白色恐怖同样如此，都是受到宗教情感激发的群体所为。

这些宗教情感必然会使群体采用残暴的方法清除任何反对建立新信仰的人。宗教法庭采用的办法是一切怀有真诚而坚定信仰的人所使用的办法。如果他们用了其他办法，就不值得有如此的评价了。

前面提到的大变动之所以能够发生依赖于群体精神，如果群体不愿意让它们发生即使最专制的暴君也无法做到。当史学家断定圣巴塞洛缪大屠杀是由国王引起的时候，表明他们与统治者一样对群体心理一无所知。只有群体精神才能使号令发生作用。拥有绝对权力的超级专制君主只能加速或减缓其发生作用的时间。

正如圣巴塞洛缪大屠杀或宗教战争不是由国王引发的一样，恐怖统治也不是由罗伯斯庇尔（Robespierre）、丹东（Danton）或圣约斯特（Saint Just）造成的。在这类事件背后，我们发现总是群体的精神在运作，而非统治者的权力在操控。

第5章

影响群体意见与信念的间接因素

群体某些想法的迸发与实施有时突然的令人瞠目，但这只是表面现象，背后必定有种持久的准备性因素在发挥作用。这种因素使群体接受某种信念后就对其他信念具有绝对排斥性。

在研究了群体心理构成之后，我们了解了他们的情感、思维以及推理模式，下面我们将研究群体意见和信仰是如何形成并确立的。

影响群体意见和信念形成的因素有两种：间接因素和直接因素。

间接因素是指，使群体接受某种信念后就对其他信念具有绝对排斥性的因素。这类因素的存在，使某些具有影响力和惊人结果的新想法更容易产生，虽然这些想法看上去是自发产生的。群体某些想法的迸发与实施有时突然的令人瞠目，但这只是表面现象，背后必定有种持久的准备性因素在发挥作用。

在这种准备性因素长期、持久的作用下，间接因素就会发展成为劝说群体的积极作用，即间接因素变成了直接因素。如果缺少之前的准备性作用，直接因素便不会发挥作用。因此，直接因素是指能够促使某种想法形成、实施并产生作用的因素。直接因素会使群体决议突然被执行，骚乱的爆发、罢工决议的制定，甚至绝大多数人授予某人权力推翻政府的行为，皆归因于此。

在所有重大历史事件中都可以发现这两种因素起到的连续作用。仅以最显著的事件法国大革命为例，其间接因素包括：哲学家的著书、贵族的强征暴敛以及科学思想的进步。有了这些条件的准备，群体思想很容易被直接因素激发，它可以是演说者的激情演讲或是对宫廷党无关紧要改革的抵抗。

间接因素具有普遍性，是构成群体一切信念与意见的基础，包括种族、传统、时间、制度和教育。

现在我们看看这些因素到底都产生了哪些影响。

使群体走出野蛮状态的有力支撑

种族因素必须位于首位，因为它的重要性远远超过其他因素。我在另一本书中已有充分论述，这里不再多述。在前一章中我们说明了历史上的种族是什么样的，他们的族群特点一旦形成后，是如何通过遗传规律具备创造信仰、制度和艺术天赋的；总之文明的所有构成要素仅仅是种族特征的外在表现。此外，当种族天赋从一个民族传播向另一个民族时，所有要素必将经历最深刻的变化。[7]

环境变化和不同事件的发生可以看作是一时的社会性暗示因素。它们可能具有相当大的影响力，但如果这种社会性暗示因素与种族性暗示因素，即民族世代相传的因素相抵触时，这种影响力往往只能是暂时的。

我们将在本书后面几章还会谈到种族影响力的问题，并会指出这种影响力将强大到能够决定各种族的典型特征。由此可知，来自不同国家的不同群体，他们的信念和行为自然千差万别而且受到影响的方式也各不相同。

控制我们内心最深处自我的无形主人

传统是以往观念、需求和情感的表现。它是种族综合作用的产物，对我们产生的影响巨大。

自胚胎学证明了时间对于生物进化产生的巨大影响以来，生物学界发生了彻底的变化。如果这种观念可以更多的为人所知，史学界也会出现不小的变化。然而现在这种观念尚未普及，许多政治家与上个世纪的理论家一样思想老化，他们仍旧认为社会可以同自己的历史割裂，完全仅凭理性的光芒重铸未来。

民族是由历史创造的有机体。与其他有机体一样，它只能通过缓慢的遗传积累不断进化。

人类一直受传统支配，当他们形成群体时更是如此。表面看来，他们可以轻易改变传统，但实际上他们改变的只是传统的名称或外在形式，正如我之前一再重复的那样。

我们不必对此感到遗憾。因为民族特征的形成或是文明的建立都离不开传统。因此人类自诞生之日起便背负着两大使命，一是建立一套传统体系，二是当这套传统体系的有益成果消耗殆尽时，要竭力将其摧毁。就如同文明的建立离不开传统一样，文明的进步同样也离不开对传统的毁灭。想要平衡变与不变的关系，实在太难了。如果一个民族的传统过于稳定，那么它将不会再有变化。这时,采取暴力革命也没有用。因为革命之后,要么是打破的锁链重新拼凑在一起,原先的帝国再一次重现,要么就是这些碎破的链锁各自散落,混乱无序之后衰败随之而来。

因此对一个民族而言,最理想的状态就是维持原有制度,然后用微小而不易察觉的方式对其进行改进。这种理想状态很难实现,只有古罗马和近代英国成功的使用了这种方法。

的确,死守传统、极端反对变革的正是群体。那些有地位的群体尤是。我坚持认为群体精神是保守的,即使是最暴力的反叛最多也只能造成几句口令或条款的变动。上个世纪末,面对一座座被毁的教堂,一个个被驱逐或走上断头台的神父,我们会以为传统的宗教观念大势已去。然而没过几年,为了顺应大众需求,废止的公开礼拜制度又重新建立了起来。[8]

昔日遭到毁灭的旧传统,又开始大行其道了。

这个事例极好的证明了传统对群体心理所产生的巨大影响作用。寺庙的神像、宫殿中最专制的暴君不是最可怕的,因为他们在顷刻间就能被打倒。但是那些控制我们内心最深处自我的无形主人,却不会被引起任何反抗,只会在数百年的岁月里慢慢衰退。

真正的创造者和伟大的毁灭者

无论是社会学还是生物学，时间都是影响它们最有力的因素之一，是唯一真正的创造者和伟大的毁灭者。时间，使沙土堆积成山；时间，使地质时代低等无名的细胞演变成高等而有尊严的人类。数百年的作用足以改变任何固有现象。人们已经正确的认识到，如果时间充足一只蚂蚁也可以将勃朗峰夷为平地。如果一个人掌握了随意改变时间的魔力，他便具有了信徒赋予上帝的权力。

这里我们只讨论时间对群体意见形成的影响力。从这个角度看，时间的力量是巨大的，像种族这样重要的因素都取决于它，因为没有时间种族便无法形成。一切信仰的产生、发展和灭亡同样取决于时间，是时间使它们获得力量，继而失去力量。

正是时间，为群体意见和信仰的产生提供了各种准备，至少为它们的生长提供了土壤。这就说明了为何某些思想在一个时代可以实现，而在另一个时代却行不通。时间，使各种零散的信念和想法不断聚集并从中产生某个时代的思想。这些思想的产生不是一时偶然，它们全都深深根植于漫长的过去。当它们开花结果时，是时间为它们作了准备。想要了解它们的起源就要追溯过去。它们是过去的后代，未来的母亲，也是时间永远的奴隶。

因此，时间是我们真正的主人，在不受干扰的情况下，它足以改变一切。

如今面对群体各种危险的欲望以及由此将会带来的破坏和动荡，我们感到深深的不安。可是时间可以独自让这一切事物恢复平衡。拉维斯(Lavisse)十分中肯的写道："没有哪种政治体制能在一天之内建立。任何政治和社会组织都是数百年时间锻造的产物。封建制度在其法令典章建立以前，经历了数世纪的无序与动荡；君主专制政体同样是在经历了数百年后，才形成了自己的管理体系。这些等待的时期是极不平静的。"

虚假、短暂的外衣

制度的建立可以纠正社会弊端，制度与政府的完善可以使国家进步，社会变革可以通过各种法令的颁布来实现；在我看来，上述观点仍然受到普遍认同。它们是法国大革命的起点，也是当今各种社会学说的基础。

一连串的事实经历一直无法撼动这个巨大的谬误。哲学家和史学家试图证明它的荒谬性，但总是徒劳无功。然而，他们轻而易举的证明了各种制度是观念、情感和习俗的产物，而观念、情感和习俗不会随法律制度的重新制定发生改变。一个民族不可能随心所欲的选择自己的制度，就像它无法选择自己头发和眼睛的颜色一样。

制度和政治体制都是种族的产物，它们不是时代的创造者，而是时代创造的产物。各民族受到的统治不是根据他们一时的随意狂想，而是由他们的特征决定的。一种政治制度的建立需要数世纪的时间，然而改变它同样如此。制度没有什么固有性质，无所谓好坏。特定时期内对某一民族有益的制度，对另一个民族可能极为有害。

进一步说，一个民族无法真正改变自己的制度。虽然通过革命可以改变制度的名称，但却没有办法改变其本质。这些名称只是些无用的符号，当史学家探究到事物内部时，他们几乎从不在意这些符号。例如，英国这个世界上最民主的国家采用的仍是君主立宪制，而原属西班牙的美洲共和国尽管实行的是共和制宪法，但国内极端暴虐的专制统治仍然十分猖獗。决定他们命运的是民族特征，而不是他们实行的政治体制。我曾在前一本书中通过列举事例证明了这个观点。[9]

因此，浪费时间制定各种俗套的宪法是一件愚蠢的事情，它只是无知的修辞学家毫无价值的劳动。制定宪法需要依靠必要性和时间来完成，最明智的办法是让这两个因素发挥作用。

这个办法被盎格鲁——撒克逊人采用了，正如研究他们的伟大史学家麦考利（Macaulay）所指出的那样，拉丁民族的各国政客们应该牢记这种办法。他指出，从纯理性角度看，法律可以取得的所有好处表现得十分荒谬而矛盾。他将拉丁民族大量炮制的宪法资料与英国宪法进行比较后指出，英国宪法是在必要性支配下缓慢的发生变化的，绝非是思辨式推理的结果。

不考虑是否严谨对称，只考虑是否方便易行；绝不仅仅因为异于寻常而改变；决不改革创新除非感到不满或者要消除不满；决不制定宽泛的法规除非出现特别案例，从约翰王时代到维多利亚女王时代，这些原则一直指导着成立了 250 年的议会，使它们从容应对所有的事情。”

各个种族的法律与制度在某种程度上反映了该种族的需求，因此我们无需进行猛烈变革，为了说明这一点我们必须一一加以考察。例如，对于中央集权制的优缺点，我们可以专心于从哲学方面进行研究。但是当我们看到，一个由不同种族构成的民族用 1000 年的时间来维护中央集权制度；一场旨以摧毁过去一切制度的大革命不得不对这种制度有所顾忌，甚至使其进一步强化时，我们就应该承认它是某些独断需求的产物，承认它是这个民族的生存条件；那些探讨如何毁灭它的政客，对他们可怜的智商我们感到遗憾。如果他们不小心成功了，这预示着可怕的内战即将爆发，[10]但战争之后，又立刻会出现一种比旧制度更具压迫性的中央集权制度。

由此我们得出这样的结论：制度不是深刻影响群体特征的因素。我们看到某些国家，如美国，在民主制度下取得了高度繁荣，然而原属西班牙的美洲共和国在极其相似的制度下，却仍然生活在卑劣、混乱的状态中时，我们应该承认制度与一个国家的兴衰无关。

任何民族都受其固有的特征支配，所有与特征不符的制度都只能是一件虚假、短暂的外衣。确实，为了强行建立某种制度，血腥战争和暴力革命一直都在发生，并且仍将继续。

人们就像对待圣人的遗骸一样，赋予制度以创造幸福的超自然力量。因此从某种意义上可以说，制度引起的大动荡是由于其对群体心理产生的反作用。

但是，制度并非以这种方式产生影响。因为不论成功失败，它们不具备这样的能力。影响群体心理的是各种幻想和话语，特别是话语，它们的影响力有如它们的虚幻性一样强大，对其令人吃惊的影响力我们很快会在后面进行说明。

使民族走向衰落的刽子手

在当前的主流观念中，最为大众认同的观念是，教育在很大程度上可以改变人，使人不断完善，甚至最终建立起人与人之间的平等关系。这个观念一再的被重复，最终成为了最坚定的民主信条之一。今天要想抨击这个观念就像过去抨击宗教教义一样的困难。

然而在这个问题上，如同许多其他问题一样，民主观念与心理学得出的结论和经验的结论之间存在着严重的分歧，包括赫伯特·斯宾塞（Herbert Spencer）在内的许多杰出哲学家已经轻易的证明了教育既不能使人更道德，也不能使人更幸福；既不能改变人的天性也不能改变人天生的热情；而且，如果受到不良引导，教育的作用就会弊大于利。

统计学家为这一观点提供了证据，他们告诉我们，由于教育的普及或者至少是某种形式的教育普及导致了犯罪率的增加；往往那些与社会为敌或目无法纪的人，都曾是学校奖状的获得者。

著名的地方官阿道夫·吉约（Adolphe Guillot）在最近一本著作中指出，目前受过教育的罪犯与文盲罪犯之间的比率是 3：1。此外，在过去的半个世纪里，人口的犯罪率也在迅速的猛增，过去每 10 万居民中有 227 人犯罪如今却上升到 552 人，增长了 133%。尤其引起他注意的是，未成年人犯罪率的增长率上升的最快。众所周知，为了他们的成长，法国已经用免费义务教育取代了学费制教育。

我们不能断定，即使正确引导教育也不会带来十分有益的实际结果，而且也没有人这样坚持过。即使它不能提高道德水平，至少会使专业能力得到提高。遗憾的是，尤其是在过去的25年里，拉丁民族将他们的教育制度建立在了错误的原则上，尽管布吕尔、古朗士、泰纳等许多杰出的思想家都曾提出了意见，可是他们依旧我行我素，造成了令人惋惜的结果。我曾在以前出版的一本书中指出，法国的教育制度把多数受教育者变成了社会的对立者，使他们成为了强劲的社会主义阵营的信徒。

这种教育制度可能十分适合拉丁民族的特征，它的主要危险源于错误的心理学基本观点，这种观点认为智力是通过熟记教科书提高的。由于接受了这种观点，人们便尽可能的强化许多手册里的内容。从上小学到离开大学，一个年轻人在缺乏个人主动性的情况下只知道背书，他们的判断力和主见就这样被消磨殆尽。对他们而言，教育就是背书和听话。

前公共教育部长朱尔斯·西蒙（Jules Simon）写道："熟记一种语法或一篇纲要，流利的复述并出色的模仿，这就是上课，一种荒唐可笑的教育方式。它的每个步骤都是一项默认的信仰行为，即对老师绝对的信任。这种教育造成的唯一后果就是让学生自我轻视、失去主见。"

如果教育真的一无是处，我们还可以对不幸的孩子们表示同情，他们虽然在学校里学到的不是任何有用的知识，但是毕竟学会了一些有关科劳泰尔后裔的族谱、纽斯特里亚和奥斯特拉西亚之间的冲突或有关动物分类的知识。然而这种教育制度所造成的危害比这要大得多。它使接受教育的人强烈的厌恶自己的生活状态，并极度希望摆脱这种状态，工人不再想当工人、农民不再想当农民、地位最卑微的中产阶级希望自己的后代和他们一样继续端着国家公务员这个铁饭碗。

法国的教育体系不是为了使学生更好的生活，而只是为他们从事公职做好准备。在这种职业上取得成功，无需任何自我定位或表现出个人的主动性。

这种教育制度在社会底层创造了一支无产阶级大军，他们对各自的命运感到不满并随时准备起来反抗；在社会顶层，它培养出一群轻浮愚蠢的资产阶级，他们多疑而轻信；他们将国家视为天道并抱有极端信任，又总是不忘对它表示敌意。他们常常把自己的过错推给政府，可是离开政府力量的干预又总是会一事无成。

国家利用课本制造出一批有文凭的人，然而它能用到的人只是其中的极少数，于是不得不让大多数人失业。由于国家只能把工作分给先来的人，于是剩下没有得到工作的人便站到了国家的对立面。

在社会的金字塔里，从最卑微的职员到教授、高级行政长官，吹嘘炫耀文凭的庞大群体，正纷纷涌向政府的各个职位。商人要找一个帮他处理殖民地生意的人比登天还难，可是成千上万闲置在家的人却拼命的在谋求最低级的政府职员位置。仅塞纳一省，就有 2 万名男女教师失业，他们不屑做农民或工人，只想在政府里谋求一官半职。

被选中的人毕竟是有限的，于是就必然会让多数人不满。他们为了自身利益随时准备参加改革，无论由谁领导，无论目标是什么。因此，掌握无用的知识成为了他们反抗政府的直接因素。[11]

显然，亡羊补牢为时晚矣。只有经验这位人类最重要的老师，会煞费苦心的为我们指出错误，并给我们指出了正确的教育之路：用实业教育代替可恶的课本和可悲的考试，因为只有这样才能引导年轻人重返田间劳作、重回工厂上班，重新开始他们今天不惜任何代价避免的殖民地事业。

如今所有开明人士强调的职业教育，正是我们祖先曾受的教育。今天，在凭借强大的意志力、主动的创新力和积极的进取精神控制世界的国家中，这种教育仍然十分盛行。伟大的思想家泰恩在一系列著名的文章中明确指出，过去的教育制度与现在英、美两国的教育制度十分相似；同时，他在比较拉丁民族和盎格鲁——撒克逊民族的教育制度时，清楚得指出了这两种制度带来的影响。稍后我将引用其中某些重要的段落。

必要时，人们仍会继续接受传统教育的所有弊端，尽管这种教育只会使人产生不满并且无法适应自己的生活状态，因为大量获取表面知识、准确无误的复述课本确实可以提高智力水平。然而它真的能提高能力吗？当然不会！生活中取得成功的条件是判断力、经验、主动性和性格，这些是不能从课本中获得的。书籍就像字典，可以用来查阅，但是把它们大量的存储于脑中却毫无用处。

职业教育如何通过传统教育无法企及的方式使智力得到提高呢？泰恩对此做了精彩的说明：

观念只有在自然、正常的环境中才能产生。所以培养观念需要受到无数感官印象的刺激，这些感官印象来自工厂、矿山、法庭、书房、建筑工地和医院，而且需要人们亲眼目睹各种劳动工具、生产资料和操作过程，与顾客、工人和劳动者在一起，无论他们干的是好是坏，是赚是赔。这样我们才会对来自视觉、听觉、触觉甚至味觉的各种细节产生细微的感知能力。

学习者在不知不觉中获得这些认识后，会慢慢的分析形成条理，并迟早会受到某些暗示，使其对这些认知进行新的组合、简化、整合、改良或是发明。

法国年轻人正是在最佳的学习期被剥夺了一切与外界接触的宝贵机会以及学习必不可少的要素。因为他们有七八年的时间被关在学校里，切断了一切亲身体验的途径和机会，而这些体验能让他们敏锐而准确的了解各种人和事，以及与他们打交道的不同方式。……至少有90%的人将数年的时间和努力付诸东流，这正是人生中非常重要甚至十分关键的黄金年华。

其中有一半或三分之二的人在考试中惨遭淘汰，另一半或接近三分之二的优胜者，他们通过超负荷学习获得了学位、各种证书或毕业证。对这些优胜者的要求极为严苛，在规定的日子里，他们坐在一把椅子上，面对一组评委老师，在2小时内正确回答出评委提出的所有关于理科知识的提问，譬如人类发展史上所有知识的纲要。虽然，在那一天的那两个小时里他们这样做到了或是几乎做到了，但一个月以后他们却不再具备这种能力。

他们无法再次通过考试。他们脑中大量过于沉重的知识不断丢失，但却没有用新的知识填充。他们的思想活力开始衰退，促进成长的丰富才能逐渐干涸，这时一个充分发展的人出现了，然而此时的他已经疲惫不堪。结婚过上安定的生活，陷入某种循环，并永无止境的重复下去；他将自己封闭在狭隘的工作中，尽职尽力，仅此而已。他们最终成为了平庸之辈，当然他们的付出没有得到应有的回报。1789年以前，法国与英美一样采用了相反的办法，得到的结果一样甚至更好。

此后一位著名的心理学家指出了我们与盎格鲁——撒克逊民族教育制度的差别。他们不像我们拥有无数专门的教育机构。他们的教育不是死读书，而是以实物教学为主。例如，他们的工程师是在工厂训练出来的，而不是学校。这种方法使每个人都可以达到其智力水平能够达到的界限。如果他能力有限，他可以当个工人或工头；如果他天资卓越，他可以成为工程师。与将个人前程寄托于19或20岁时那几个小时考试上的方法相比，这种方法更民主，对社会更有益。

在医院、矿山、工厂、建筑师或律师的办公室里，刚开始参加实践的年轻学生，一步步完成他们的学徒期，就像办公室里的律师助理或工作室里的艺术家一样。在参加实践之前，他们也会有机会参加一般性的速成课程，因为之前已经形成了一个框架，所以他们随时可以快速地将观察的结果存储进去；同时，他可以将空闲时学来的各种技能进行操练，以便协调他在日常中积累的经验。

在这种教育制度下，实践能力的提高与学生才能相平衡，并且与他将来的任务和今后希望从事的工作需要必备的能力相符合。英美两国正是凭借这种教育制度，使年轻人能够迅速将自己的才能在岗位上尽情的发挥。如果条件具备，在25岁甚至更早，他们不仅能成为一名有用的工作者而且富有创业精神；他不仅是机器上不可或缺的零件还是发动机。与这种制度相反的法国，一代又一代的人越来越像中国看齐——因此造成巨大的资源浪费。

有关拉丁民族教育制度越来越偏离实际生活需要的问题，这位伟大的哲学家做出如下论断：

在教育的三个阶段，儿童期、少年期和青年期，孩子们为了考试、学位、文凭和证书，在学校板凳上接受理论教育的时间显得过分漫长而沉重。

仅从这一点看，他们采用了十分糟糕的办法，即通过非自然、反社会的管理体制过分推迟了实践时间，实行学校寄宿制度，人为的训练和填鸭式教学，学习负担沉重，不考虑今后时代的发展，不考虑他们成人的年龄和人们的职业状况，忽视年轻人即将投入生活的现实世界，忽视我们生活于其中并且必须适应或提前学会适应的社会，忽视了人类需要经历的种种挣扎，挣扎中他要学会保护自己，为了站稳脚跟他需要提前全副武装并意志坚强。

这种必不可少的准备和经验积累，这种强大的常识、勇气和意志力，是我们学校无法给予法国年轻人的。

此外，学校非但不能培养年轻人具备达到自己明确目标所应该具备的素质，反而让他们失去了实现目标的能力。因此，当年轻人步入社会，踏上工作岗位后，经常会受到一连串痛苦失败的打击，给他们造成久久不能痊愈的伤痛，甚至失去生活的能力。这种考验既残酷又危险。他们在接受考验的过程中，精神和道德间的平衡遭到冲击，这种平衡可能一去不返，理想突然之间被彻底击破。这给他们造成的欺骗太大了，于是失望感也就愈加强烈。[12]

我们现在是否偏离了群体心理的主题？显然没有。因为，要了解和预知群体中正在酝酿的各种想法和信念的方法，就必须了解为这些信念提供温床的因素。

教育能够使一个国家的年轻人知道这个国家的未来发展趋势。当前的教育模式向人们预示着这个国家的前景将一片暗淡。群体思想是提高还是堕落，教育确实能够起到部分作用。因此必须指出现行教育制度是如何塑造这种思想的，冷漠而中立的群体是如何变成一群心怀不满、随时准备听从空想主义者和雄辩家召唤的大军的。

如今产生这些社会主义者和无政府主义者的地方，正是教室；为拉丁民族走向衰落铺平道路的，也是教室。

第6章

影响群体意见与信念的直接因素

群体跟古代神话里的斯芬克斯有很多类似的地方，我们必须对影响他们的心理因素给出答案，否则就会被他们吞噬。

我们在上一章中讨论了造成群体心理特殊感受力并由此产生某些情感和观念的间接性准备因素。现在我们将研究直接因素。这一章我们会看到要想充分发挥这些因素必须注意的事项。

在本书的第一部分，我们研究了群体的态度、观念以及推理方式，因此我们可以从影响群体心理的方法中得出一般性原理。我们知道了什么可以激发群体的想象力，了解到暗示的力量和相互传染的特征，尤其是形象化暗示。然而，如同暗示的来源多种多样一样，影响群体心理的因素也是千差万别。因此我们必须分别研究。这项研究非常有必要。群体跟古代神话里的斯芬克斯有很多类似的地方，我们必须对影响他们的心理因素给出答案，否则就会被他们吞噬。

无坚不摧的利器

我们在研究群体想象力的时候发现，他们更容易受形象影响。这些形象并不总是出现在人们的生活中，更多的时候需要通过机智的语言和套话刺激来产生。经过技巧润色，这些语言毫无疑问拥有了魔术师般的神奇力量。它们可以掀起群体内心最可怕的风暴，但是同样也能平息风暴。因各种话语和套话的力量牺牲的人，他们的尸骨足以建起比古老的基奥普斯（Cheops）更高的金字塔。

言语的力量只与它们唤起的形象密切相关，至于它们的真实意义完全可以被乎略。值得一提的是，那些意义不明确的词语往往影响会更大，例如民主、社会主义、平等、自由。这些词语的含义十分模糊即使是查阅大量的书籍也无法准确确定它们的内涵。然而可以定的是,这些简短的词语拥有无比神奇的魔力,似乎一切问题在它们面前都会不攻而破。这些词语将群体在无意识中产生的强烈愿望与实现它们的希望有机的融为一体。

推理与论证无法同某些话语和套话相抗衡。面对群体,一旦话语和套话以庄严肃穆的口气说出来,所有人便会立刻肃然起敬,俯首倾听。许多人将它们视为自然的,或超自然的力量。它们会在人们心中唤起宏伟而模糊的形象,也正是因为这种形象模糊难辨,所以更加增添了它们神秘的力量。它们是祭坛后的神灵,虔诚的人只能心怀敬畏的靠近它。

话语唤起的形象与它的真实意义无关,它们因时因人而异,套话同样如此。一旦某种短暂的形象和某些词语联系在一起,词语就像电铃开关一样控制着它们的出现。

不是所有的话语和套话都有唤起形象的力量,有的曾经具备这种力量,但是在使用过程中消失了,因此不再产生任何作用。它们成了空洞的词语,主要作用就是让使用者不用再思考。年轻时我们掌握的一些套话和常用语,足以应付生活所需的一切,不必再伤神的思考任何事情。

只要研究某种语言就会发现,词语的变化在时代进程中十分缓慢,而词语引起的形象或它们的含义却在不断发生改变。因此我曾在另外一本书中做出这样的结论:绝对不可能准确无误的翻译任何一种语言,尤其是现在已经消失了的语言。当我们将拉丁语、希腊语或梵语译成法语时,或者当我们试图理解用我们二三百年前的语言写成的书时,我们到底在做什么?

我们只不过是用现代生活给予我们的形象和观念取代古代生活给予种族成员的形象和观念。那些观念与现在人们想的完全不同,因为那时他们的生存条件与现在无法比拟。法国大革命期间,当人们自以为在复兴古希腊罗马艺术时,其实他们在做的无非是将从未有过的含义赋予古代词语。

古希腊制度与今天用同样的词语制定的制度之间可能存在相似之处吗？当然不会。那时的共和国本质上是为贵族利益服务的制度，这些贵族其实就是一群小君主结成的团队，被他们统治着的群体是绝对顺从的奴隶。这种建立在奴隶制基础上的集体贵族统治，是无法离开奴隶制而存在的。

“自由”一词亦是如此。在一个不可能怀疑思想是不自由的地方，如果你敢谈论城邦诸神、各项法律以及不同习俗，就是犯了当时最大的罪，这时的自由与我们今天赋予自由的含义相比，它们有何相同之处？

对于雅典人和斯巴达人，“祖国”意味着什么？它只能是指对雅典或斯巴达的崇拜，而绝不可能指各自为政、互不统属、常常为了争夺领地兵戎相见的各个城邦组成的希腊。对于古代的高卢人而言，“祖国”又有怎样的含义呢？高卢是由相互敌对的部落和种族构成的，这些种族有着不同的语言和宗教，它最终被恺撒轻易的征服就是因为恺撒总能在它们中间找到盟友。高卢之所以能够成为一个国家，正是由于罗马赋予了它政治和宗教的统一。

不说那么远，就说200年前的法国，我们能认为今天法国各省对“祖国”的理解，与曾经联合外敌反叛自己君主的大孔代所理解的一样吗？同样还是“祖国”，现代人与那时移居国外的法国保皇党人对祖国的看法不是也相差甚远吗？他们认为反抗法国是固守忠诚，服从命令。因为在封建制度的法律中，诸侯与君主而非土地之间息息相关，所以君主在哪里，哪里就是他们的国家。

随着时代的变迁，含义发生深刻变化的词语很多。对它们的理解，我们只能达到过去经过漫长努力所理解的程度。有人正确地指出，仅仅理解“国王”或“王室”对我们祖先意味着什么，也需要做大量的研究工作。如果是更为复杂的词语，出现的情况就不言而喻了。

因此，词语的含义是短暂易变的，它因时因人而异。当我们想通过词语来影响群体时，就必须清楚词语在既定时刻被群体所理解的含义，而不是这些词语过去的含义或精神构成不同的人所赋予它们的不同含义。

当发生政治动荡或信仰转变时，群体会对某些词语产生反感，这时真正的政治家的首要任务就是在不改变事物本质的情况下，给它们换个名称。尤其是出现因为词语本义与其固有结构的联系过于紧密而难以改变的事物时都会采用这种方法。睿智的托克维尔（Tocqueville）很久以前就曾说过，领事馆和帝国要做的就是将过去大部分制度的内容换个新说法，即用一些新词代替那些会让群体产生反感的词语。例如，将“地租”改称为“土地税”，“盐赋”称为“盐税”，“徭役”则用间接的方式进行摊派，商业公司和行会的税款用收取执照费的方式索取等等。

政治家最基本的任务之一就是对流行语，或者那些平庸的、群体无法继续忍受其旧名称的词语改头换面。词语的力量十分强大，大到足以使最令人讨厌的事物换个适当的名称后可以再次被群体接受。

泰纳公正的指出，雅各宾党人正是利用了当时十分流行的“自由”“博爱”的口号，“建立了足以和达荷美暴政相媲美的专制统治，以及与宗教法庭相类似的审判制度，并干出近似于古墨西哥时期的人类大屠杀。”

统治者与律师一样，最重要的技巧就是完美的驱驾词语。这个技巧最大的难度在于，在一个社会里同一个词语对于不同的社会阶层常常有着不同的含义。来自不同阶层的人用着相同的词语，却表达着不同的意思。

在上面的例子中，时间是导致词语含义发生变化的主要因素。然而，如果我们把种族因素考虑进来，就会发现，同一时期的人们，虽然教育程度相同，但由于来自不同种族，所以相同的词语会引起极为不同的联想。如果不是走南闯北经验丰富的人是不会理解这些差异的。因此有关这一点我不再多述。我只想指出，正是那些群体使用最频繁的词语在不同民族往往有着截然相反的含义。例如今天最常用的“民主”“社会主义”就是如此。

事实上，在拉丁民族与盎格鲁——撒克逊民族中，这些词语有着十分对立的概念与联想。对于拉丁民族而言，“民主”是指个人意志和主动性要绝对的服从国家所代表的集体意志和自主权，是国家在日益加强对一切的控制，是国家集权、垄断并制造一切。因此，无论是激进主义者、社会主义者，还是保皇主义者，全都无一例外的依赖于国家。

而“民族”的含义对于盎格鲁——撒克逊民族，尤其是美国人而言去恰恰相反，在他们眼里“民主”是指个人意志的极端发展，国家要尽可能完全服从个人的发展趋向并且不能控制包括公共教育在内的任何事物，除了警察机关、军队和外交。

由此可知，“民主”对一个民族而言可能是指个人对占有优势地位的国家意志和主动性的服从；对另一个民族而言却是指国家对个人意志和主动性极度发展的完全服从。[13]

人类艺术与文明的真正缔造者

自文明出现以来,群体常常受幻想的影响。他们为那些给他们制造想象的人建造神庙、竖立雕像、设立祭坛,对他们的信仰崇拜超越了对其他任何人。不论是曾经占据人们思想主导的宗教幻想还是现在风靡的哲学和社会幻想,这些令人畏惧的无上力量总能在我们星球上一切持续繁荣的文明中心找到。

古巴比伦和埃及的神庙、中世纪的宗教建筑是为了它们而建造;一个世纪前震撼整个欧洲的一场大动荡也是因为它们而爆发,没有一种政治、艺术和社会观念能够逃脱它们强大的影响。

有时,人类为了消灭这些幻想会发动可怕的动乱,但是它们似乎注定将再次兴起。因为没有幻想,人类不可能摆脱自己原始的野蛮状态;没有幻想,人类会很快再次回到野蛮状态。毫无疑问,这些幻想是毫无意义的,但正是我们这些梦想的产物让各个民族创造出了光辉壮丽的艺术和伟大的文明。

如果将博物馆和图书馆毁掉,如果将石板路上教堂前受宗教激发而产生的所有艺术作品和遗迹推倒,人类伟大的梦想还剩下什么?让人类怀揣着这些希望和幻想吧,否则他们将无法生存。这就是神灵、英雄和诗人存在的原因。科学承担起这项任务已经有50年了。但是对于爱幻想的人类来说科学只能算是一个残疾儿,因为它不敢慷慨的做出承诺,因为它不能撒谎。[14]

上个世纪的哲学家满怀热情的投身于消灭各种宗教、政治和社会幻想的事业中，而我们的祖先已在这些幻想中生存了许多个世纪。幻想被毁灭后，希望和顺从随之消失。人类需要重新开始面对盲目而无声的自然力量，这种自然力量拒绝软弱、无视弱小。

无论哲学如何进步，它始终无法提供任何吸引群体的梦想。但是群体会不惜代价的寻找自己的梦想。他们会像昆虫本能的寻找光亮一样，向迎合他们的巧言者靠拢。

推动民族发展的主因往往是谬误，而非真理。群体从未渴求过真理。对于不顺眼的证据，他们避而不谈；若是受到谬误的诱惑，群体更愿意相信它们。凡是为他们提供幻想的，就会轻易成为他们的主人；凡是试图毁灭他们幻想的人或者物，都会沦为他们的牺牲品。

摆脱幻想控制的利器

经验几乎是唯一能够使群体确立坚定的真理、消灭危险的幻想的有效方法。要想达到这个目的，经验必须在非常大的范围内不断重复发生。通常，一代人的经验对后代起不到任何作用，这就是以史实作为证据而达不到目的的原因。它唯一的作用就是证明：经验只有在一定范围内一代代的重复发生才能产生作用，即才能撼动群体根深蒂固的错误观念。

19 世纪以及之前的一段历史常常被史学家称作“奇妙经历的年代”，因为没有一个年代有过如此多的经历体验。法国大革命无疑是其中规模最大的一次。

要想明白社会是不会遵照纯理性的要求从里到外重新来过的道理，需要付出数百万条性命和欧洲 20 年剧烈动荡的代价。为了从经验上证明这一点，独裁者让拥戴他们的民族付出了惨重的代价，50 年里遭受两次灾难性的经历。

尽管这些往事历历在目，但似乎仍不能令人信服。第一次经历造成 300 万人丧命并引发一次入侵；第二次经历造成领土丧失并意识到常备军的必要性。此后，几乎就要发生的第三次经历，一定会在将来的某天来临。要想使整个国家相信，庞大的德国军队已经不再是 30 年前那支无害的国民卫队，[15] 恐怕还需要一场代价惨痛的战争经历；意识到实行贸易保护措施会让这个国家破产，至少需要 20 年灾难性的经历。这样的例子实在是不胜枚举。

对文明发展不起作用的“垃圾”

在列举影响群体心理因素时，如果不指出理性的消极作用，则完全可以不用谈到理性。

我们已经指出群体不受理性影响，他们只能理解那些随意联想到的观念。因此懂得如何影响群体的演说者，总是试图引起他们的情感共鸣而非理性共鸣。

想用严密的逻辑规律来吸引群体是根本不可能的。[16]要让群体相信自己的观点，就必须了解使群体产生兴奋的各种情感，并假装感同身受，接着利用最基本的联想和极具暗示性的概念改变他们的想法。如有必要，回到最初的观点，一步步预测演讲可能激发的情感。

这种根据话语产生的效果不断改变措辞的必要性，使一切有效的演说都不可能事先研究准备好。在那些事先准备好的演说里，演说者只遵循自己的思路的行为是根本行不通的，因为他们没有办法顾及群体的感受，这么做是起不到任何效果的。

讲话有逻辑习惯的人，惯于相信一系列逻辑严密的论证。于是，当他们与群体说话时，难免会借助这种逻辑说服方式。但是，他们总是会惊讶的发现，自己的论证竟然毫无效果。一位逻辑学家写道：“通常数学结果是通过演绎推断得出的，即一组公式的推算结果，具有权威性……这种权威性，即使无机物也会表示同意,如果它们可以遵循这组公式的话。”

这话当然不错,但是群体并不比无机物更能遵循这些公式,他们甚至根本没有办法理解它们。如果试图用理性说服像野蛮人或儿童这样简单的脑袋,就会知道这种论说方法是多么一钱不值。

想要了解理性在与情感的较量中到底有多软弱,我们没有必要退化到原始人的水平,只需回头看一下那些与最简单的逻辑都不相符的宗教迷信是如何顽强的持续了数个世纪的即可。在近2千年的时间里,即使才华盖世的天才也会在它面前低下头颅。只有到了现代,它的真实性才开始受到怀疑。中世纪和文艺复兴时期有过不少有识之士,但从未有谁能够理性的对待自己迷信中幼稚的一面,或者对魔鬼的罪恶或烧死巫师的必要性表示过一点怀疑。

对于群体不受理性指引这一点,我们应该感到遗憾吗?我们无需下结论。毫无疑问,激发人类走上文明之路的不是理性,而是充满激情与胆量的幻想。从幻想能够支配我们的无意识力量方面来衡量其存在的价值,得到的答案无疑是肯定的。每个种族的精神构成中都有一种命运的定律,这种定律有一种不可抗拒的冲动,即使这种冲动有时显得极不合理也会使种族服从它。有时,民族的前进似乎受到某种神秘力量的驱使,这种力量与使橡果长成橡树或让彗星围绕固定的轨道运转的力量极其相似。

要想了解这种神秘力量,就必须从人类的整个发展过程中去寻找答案,而不是从历史上不时发生的孤立事件中寻找。如果只考虑这些事件,历史似乎就是一连串不可能的巧合造成的结果。一个伽利利的木匠不可能成为一个持续2000年之久的全能的神,并在他的名义下创造最重要的文明;一帮来自沙漠的阿拉伯人也不可能征服古希腊罗马世界的大部分地区并建立起比亚历山大帝国更强大的帝国;在欧洲某个十分发达的时期,权力已被严格等级化,一个小小的炮兵中尉是不可能征服众多民族与他们的国王的。

因此让我们把理性留给哲学家,不要过于坚持它对人类的控制。尽管常常存在着理性,但是一切文明发展的主要动力——情感却不是由理性产生的。这些情感包括尊敬、自我牺牲、宗教信仰、爱国主义以及对荣誉的热爱等等。

第7章

群体领袖及其说服手段

当一群生物聚在一起，无论是动物还是人类，他们都会本能的服从一个头领的领导。没有头领，群体将一事无成。

我们已经了解了群体心理的构成状况，以及影响群体心理的各种因素。接下来我们要研究的是，这些因素如何产生作用并由谁使之发挥实际作用。

贪图个人利益的巧言者

当一群生物聚在一起，无论是动物还是人类，他们都会本能的服从一个头领的领导。

人类群体的领袖虽然在很多时候只是一个小头目或煽动者，但却起着很大的作用。

他的意志力是群体意见聚合并达成一致的核心。他是异质群体组织化的第一构成要素，为组成派别并管理他们做好准备。没有头领，群体将一事无成。

领袖最初常常也是被领导者中的一员。他因为对某种思想着迷，从而成为这种思想的信徒。他对某种思想的痴迷使他感受不到外界任何事物，一切相反的观点对他来说只是谬误或迷信。罗伯斯庇尔（Robespierre）就是典型的例子。他极度痴迷于卢梭（Rousseau）的哲学思想，甚至不惜借助宗教法庭的力量来达到宣传这种思想的目的。

我们所谓的领袖，常常是实干家而非思想家。他们没有远见卓识，他们也不会如此，因为这会使他们对事物产生怀疑而变得无所作为。领袖尤其易产生于精神异常、易兴奋、游走于疯狂边缘的半疯狂的人之中。不论他们的想法或目标多么荒谬，他们坚定的信念会使任何理性毫无立身之处。

任何轻视与迫害影响不了他们，反而使他们变得更加兴奋。他们舍弃个人利益、抛弃家庭甚至一切，自我保护的本能在他们的潜意识里根本不存在，他们别无它求，只求以身殉道。

他们的话因为具备强烈的信仰变得十分具有说服力，因为人们总是喜欢追随意志坚定的人。更加重要的是，他们还知道如何使民众接受自己的想法。群体成员缺乏意志，本能的会转向意志坚定的人，因为他们身上具有群体成员缺乏的品质。

民族从不缺乏领袖，但并非所有领袖都能像信徒一样被强烈的信念激发。这些领袖常常是只贪图个人利益的巧言者，通过迎合大众的各种低级本能的方式对其进行说服。这种方式产生的影响是巨大的，但往往稍纵即逝。

能够撩拨群体心弦的狂热信徒，如隐士彼得、路德、萨沃纳洛拉以及法国大革命的各色人物，他们必须先对某种信条着迷并深信不疑后才能引起群体的兴趣，从而唤起群体心中一股不可抗拒的力量即信仰，因为信仰会使人完全成为自己梦想的奴隶。

群体的信仰，无论是对宗教、政治、社会的信仰，还是对一本书、一个人或一种思想的信仰，往往是由群体领袖激发的，在这一点上他们的影响力巨大。在人类拥有的一切力量之中，信仰的力量最强大。福音书上说，它有移山跨海之力。如果一个人有了信仰，就等于壮大了十倍的力量。历史上重大的事件都是由一些无名的狂热信徒引发的，没有什么比他们的信仰更重要。无论是控制世界的伟大宗教或是横跨半球的庞大帝国，它们的建立绝不是依靠学者或哲人的帮助，更不是依靠那些怀疑论者。

在上述事例中，我们的论述对象都是一些重要的领袖人物。他们人数不多，因此我们可以轻而易举的将他们从历史中一一整理出来。他们构成了连续体的制高点，这个连续体既包括位高权重的统治者，也包括无权无势的劳动者。在烟雾弥漫的小酒馆里，他们不停地往同伴的耳朵里灌输一些他们自己也不甚理解的公式化语言，慢慢使其痴迷于此。他们告诉同伴，只要遵照他们说的去做，一切的梦想与希望必将实现。

在任何一个社会领域里，无论是最高尚的还是最卑微的人，一旦不再独立很快便会受到某个领导者的控制。大多数人尤其是群体中的多数人，除自己的专长外，对其他任何事物都不曾有过清晰而合乎逻辑的想法，所以领袖成为了他们的导向标。但是，有时领袖起到的作用也可以被定期出版物取代，虽然多数情况下效果并不佳。这些出版物会制造很多有利于领袖的舆论，为他们提供现成的套话使他们不必再为说理费神。

群体领袖行使的权力十分专制，当然这种专制是他们获得追随者支持的前提。但我们也会常常发现，即使这些权力背后没有任何支撑手段，他们也能轻而易举地得到工人阶级中部分狂乱分子的支持。他们规定工作时间和工资水平、下令罢工并决定起始和终止的时间。

目前，随着政府越来越多的受到质疑和权力的日益分散，那些群体的领袖者和煽动者越来越倾向于篡夺政府的权利。这些新主人暴政的结果是使群体在服从它们时，要比服从以前任何一个政府都听话的多。如果由于某种变故领袖退出了舞台，群体就会变回散漫无序的状态，如同一盘散沙不堪一击。如上次巴黎公车雇员的罢工，当两个指挥的领袖被抓起来后，罢工便草草收场了。

群体精神最需要的不是自由而是顺从。他们如此愿意屈从于别人的意志，以至于只要有人自称是他们的主人，他们就会本能的听命于他。

这些领袖与煽动者可分为明显不同的两类。第一类人活力四射，却只拥有一时的坚强意志；第二类人比第一类人更为罕见，他们的意志力持久。

第一类人崇尚暴力却有勇无谋。他们能够指挥突然决定的一场暴动，带领群众赴险，使他们一夜之间从新兵变为英雄。法兰西第一帝国的内伊

(Ney)、缪拉（Murat）和我们当代的加里波第（Garibaldi）就属此类。加里波第一无所长，却是个精力充沛的冒险者，仅凭一小伙人就成功占领了由纪律严明的军队保卫的那不勒斯王国。

这类领袖的力量虽然不可被小觑，但持续时间不长，很难比使这股力量产生的令人兴奋的事业更持久。当这些曾经的英雄们失去了这种力量回归本来生活时，他们常常会暴露出令人匪夷所思的性格弱点。他们虽然曾经叱诧风云，但却无法在最简单的环境中思考并正常行事。

他们是这样一类领袖，只有当他们自身同样受到某种领导并不断受到激发，并且总是受某个人或某种思想指引、有明确无误的遵循行动准则时，他们才能发挥作用。

另一类领袖，他们的意志力持久，虽不那么引人注目，却有着更为强大的影响力。如某些宗教与伟大事业的真正创始人，圣保罗（St.Paul）、穆罕默德（Mahomet）、哥伦布（Christopher Columbus）和德·雷赛布（de Lesseps）同属此类。他们是睿智还是狭隘已经无关紧要，因为世界无疑是属于他们的。

他们具备的这种持久的意志力具有罕见且强大的能量，强大到足以让一切事物俯首称臣。但遗憾的是，这样一种能够成就事业、强大且持久的意志力却总是得不到应有的重视。即使是这样，依旧没有任何事物可以阻挡它前进，无论是自然、神灵，还是人类。

这种势不可当的、强大而持久的意志力会造成什么结果，让我们看看德·雷赛布近来为我们提供的这个例子就知道了。他将世界分为东西两半，并想成就一项在过去3000年里连最伟大的统治者都一无所获的事业。后来，他同样败在了这项事业上，那是因为他年事已高，包括意志力在内的一切成就事业必须的品质都屈服在了蹉跎的岁月面前。

要想说明仅凭意志的力量到底能够在人们完成事业的过程中起到多大

的作用,只需翻开历史的某一画面看看开凿苏伊士运河时人们到底克服了多少困难便可知晓。亲眼目睹该事件始末的博士卡泽利兹（Cazalis）用令人震惊的寥寥数语概括了这一伟大工程的不朽,以下便是博士详细记录的关于这个故事的主人公讲述的事件始末。

“日复一日,他不断讲述着有关运河的惊人故事。他讲述了在这个事件中他是如何战胜一切困难,如何将不可能变为可能的;他还讲述了遇到的所有反对声,以及联合起来反对他的同盟;他历经的种种无奈、绝望、逆境与挫败,但是这些困难没有让他灰心丧气。

他回忆起英国是如何毫不停歇的对他的工作展开进攻的、埃及与法国是如何的举棋不定、工程初期法国领事是如何带头反对他以及为了反对他继续开展工作而做的恶毒的事情：有人企图用断水的方式逼走他的工人;海军部长、工程师以及所有经验丰富、受过科学训练的、有责任感的人,最终都站到了他的对立面,并站在科学的立场上断言灾难即将来临。他们像预测日食一样预测灾难降临的日期。”

记载这些伟大领袖生平的书中不会包含许多人物,但这些人物却同文明史上最重大的事件紧密相连。

最具说服力的修辞手法

如果想在短时间内让群体兴奋起来,诱使他们加入某项行动,如掠夺宫殿、誓死捍卫某个要塞或防御要点,就必须让群体快速的感应到这种短暂的暗示,其中最有效的暗示是榜样的力量。要想达到这个目的,群体还必须事先具有某种环境上的准备,当然首要因素应该是意图领导群体的领袖应具备的素质,我称之为声望,这还有待进一步研究。

当领袖准备用各种观念和信仰激发群体情感时,如各种现代社会理论,他们会借助各种不同的有效方法,其中最重要的方法共有3种,分别是断言、重复和传染。它们的作用发挥得虽然有些缓慢,但一旦起效影响力就是持久的。

无需任何推理与论证的纯粹断言,是让某种观念进入群体头脑最可靠的手段之一。断言越简洁,论证越贫乏,影响力反而会越大。每一时代的宗教典籍和法律章程往往都会借助于简单的断言。无论是号召人们捍卫某项政治事业的政治家,还是利用广告推销产品的商人,他们都熟谙断言的作用。

断言要想真正发挥作用,就必须尽可能的以同样的措辞不断进行重复。我相信拿破仑曾经说过的话:重要的修辞手法只有一个,就是重复。所以那些能够在人们心里生根的事情往往是经过不断重复断言的事情,因为只有这样人们才会将其视为已被证实的真理加以接受。

当我们看到重复的力量对最睿智的头脑产生的影响后，就不难理解它为何会对群体产生如此巨大的影响了。这种力量产生的原因在于，不断重复的话语会长久的停留在我们无意识自我的深层区域，这里正是我们行为动机形成的地方。虽然一段时间后，我们会忘记是谁说了这些不断重复的断言，但是我们依旧会对断言深信不疑。

广告之所以有如此令人吃惊的力量正源于此。当我们成千上百次地听到X牌巧克力是世界上最好的巧克力的说法后，我们就会以为其他地方的人们肯定也这么认为，因此我们会对这种说法确信无疑；当我们上千次的读到关于Y牌的药粉治好了某某知名人士的顽疾的广告，一旦我们患上了同种的疾病也一定会想试试这种药。如果我们总是在同一家报纸上读到A是个彻头彻尾的流氓，B是个老好人，我们会认为事实就是这样。除非我们在另一家报纸上看到将两人完全颠倒过来的对立观点。如果让断言与重复进行较量，它们各自都具有足够强大的力量。

当某种断言得到充分重复，这种断言就会变得毫无异议，如同某些众所周知的金融项目中足够富有的一方可以购买所有参与者一样，此时就会形成我们所谓的流行观点，强大的传染过程开始介入。群体的各种想法、观点、情感和信仰，都具有像细菌一样强大的传染力。这种现象很自然，即使在动物群中也能发现。当马厩里的一匹马开始咬食槽，另一匹马也会如此效尤；羊群中几只羊突然表现出的惊慌会迅速传染给整个羊群。

群体中某个人的情绪会迅速感染给其他人，惊慌的突发性也正因为此。大脑失常如疯狂的行为一样，本身就具传染性。所以我们才会常常看到一些精神病专家发生精神失常的事情，这已是公认的事实。值得一提的是，最近提到的某些精神失常的病症如陌生环境恐惧症，也可以由人传染给动物。

同时出现在某地不是人们受到传染的必备条件。某些事件的影响可以使身处异地的人们同样能够感受到传染的作用，前提条件是这些事件能够让人们产生一种独特的心理倾向以及群体独有的特征。特别是当人们受到我之前论述的间接因素的影响后,心理上已经有所准备时,情况尤为如此。1848年的革命运动很好的说明了这一点,革命在巴黎爆发后,迅速传遍欧洲大部并动摇了许多国家的君主宝座。

模仿实际上只是传染的一个结果,虽然社会现象中很多影响归因于它的作用。有关模仿的影响,我已在另一本书中作过论述,这里我只引述一段15年前我就此问题发表的论述。在最近的出版物中,我的下述观点已被其他作者作了进一步阐述。

"人类和动物一样具有模仿的本能。对于人类而言模仿是必然的,因为相对于其他事情而言纯粹的模仿别人总是会容易得多。也正因为此,时尚的影响力才会如此巨大。无论意见、观点、文学作品或者只是衣着打扮,有多少人敢与时尚背道而驰?

影响群体的是榜样而非论证。无论哪个时期总是会有些这样的人,他们会站在公众的对立面并受到无意识大众的模仿。然而,他们毕竟势单力薄所以不能明目张胆的公开反对主流观点。如果他们这么做了,那么无意识大众模仿他们就会变得很困难,他们也将无法起到任何作用。因此,过于超越时代的人往往起不了什么作用,因为两者之间的界线过于明显。同样,尽管欧洲文明具有所有优势,但是对于东方民族它的作用微乎其微,因为彼此间的差异犹如天堑。"

历史与模仿的双重作用,会让生活在一个国家和一个时代中的所有人在经历了漫长的时间洗礼之后彼此相似,甚至那些极不容易受外界因素影响的人,如哲学家、学者和文人,他们的思想和风格在双重作用下也会呈现出一种与某社会相似的面貌,使人们能很快地辨认出他们所处的时代。因此要想了解一个人的读书喜好、娱乐消遣习惯以及他的生活环境,并不一定非要同他做长时间的交谈。[17]

传染的感染力很大,它不仅可以轻而易举的使个体接受某些观点,而且还能将某些情感模式强加于他们。传染还是造成某些作品在某个时期受到轻视的原因,《唐豪塞》即是如此。几年后,同样因为传染,那些批评者又转而对它赞赏有加。

群体的意见和信仰就是通过传染达到宣传普及的,在这个普及的过程中推理论证起不到丝毫的作用。目前流行于工人阶级的各种观念是他们从酒吧获得的,这是断言、重复和传染的结果。的确,每个时代建立群体信仰的方式大都如出一辙。勒南(Renan)公正的指出了基督教的最初创始人与“从一个酒吧到另一个酒吧传播观念的社会主义工人”之间的相似性;在基督教问题上,伏尔泰也注意到“一百多年来,信奉基督教的只是一群最卑劣的乌合之众。”

需要注意的是,与我之前提到的情况相似,当传染作用于大众阶层之后,便开始向社会上层传播。传染的力量十分强大,在它的影响下个人甚至可以完全不计利益得失。

由此说明一个事实,凡是民众接受的观点最终都会顽强的扎根于社会最上层,不论这些观点多么荒谬。更有意思的现象是,社会下层对于社会上层的这种反作用,虽然群体信念总是或多或少的起源于某种更为高深的思想,但是它在自己的发源地往往起不到任何作用。

当领袖与煽动者被这种高深的思想征服后,就会对这种思想加以控制、改造最终将之改头换面成为另一个宗派,然后向大众宣传普及,而大众又会对其进一步改造。当这种思想成为大众真理后,它就会被重新带回自己的发源地并对这里的上层产生影响。

从长远看是智力因素决定了世界的命运,但这种影响是间接的。当哲学家的思想经过我所描述的那些过程后最终取得胜利时,他们早已不在人世了。

麻痹群体判断力的“杀手锏”

当某种思想利用断言、重复和传染的手段进行宣传后,会因环境而获得一种巨大的力量,这种神秘力量即是声望。

世界上的任何一种统治力量,人也好、思想也罢,强化权力的主要手段都是借助于这种不可抗拒的力量,即“声望”。这个词的表面含义人人都能领会,但因其用法相差甚远而难以给出确切的定义。

声望所涉及的情感有两种:崇拜和畏惧。有时这两种情感是声望存在的基础,但是,离开它们声望照样可以很好的延续下去。

最大的声望属于那些已故的人,即我们曾经十分畏惧的人,如亚历山大、恺撒、穆罕默德和佛祖;除此之外,还有一些我们明知道根本不存的虚幻形象,如印度地下神庙里可怕的神灵,也会凭借强大的声望对我们产生影响。

声望,通常会利用某个人、某本书或某种思想来控制我们的精神。这种控制完全麻痹了我们的判断力,使我们沉浸在惊讶与敬佩的情感之中。这种情感与其他所有情感一样无法解释,如同着了魔一般。声望是一切权力的主因,不论是神灵、国王或是女人,要想拥有一片天下都离不了它。

声望可分两类:先天声望和个人声望。先天声望来自头衔、财富和名誉,与个人无关。相反,个人声望基本上为个体特有,可以与名誉、荣耀和财富并存，也可因它们的地位得到加强；但是离开它们，个人声望照样可以存在。

先天声望或人为声望最为常见。只要一个人谋得一官半职、拥有一定的财富或头衔，他就会享有这种声望，不论这个人多么一文不值。身着军装的士兵、法袍在身的法官总能令人心生敬畏。帕斯卡尔（Pascal）正确地指出了法官法袍和假发存在的必要性。没有了这些东西，他们的权威会大打折扣。即使最坚定的社会主义者也会受到王公贵族形象的影响。当某个人拥有了这些头衔，侵占商人的财产会变得易如反掌。[18]

上述声望是由人体现的，除此之外，还有一种声望是通过各种观点、文学和艺术作品来实现的。这种声望往往是日积月累的结果。历史，尤其是文学和艺术的历史，只不过是结论的不断重复，没有人证实结论的真伪，每个人只是不断重复从学校学到的东西，直到这些名字和事物无人再敢随意篡改。

对现代读者而言，研读荷马（Homer）无疑是一件极其枯燥的事情，但有没任何人敢于如此坦言。巴特农神庙现在的样子，只是一堆毫无看头的废墟，可是它的声望使它看起来不是实际的样子，而是伴随着所有重大历史记忆的沉浮。

声望的显著特征就是让我们看不清事物的本质，使我们丧失所有的判断力。通常，群体和个体都需要关于所有事情的现成观点。这些观点的受欢迎度与对错无关，只受声望影响。

现在我们来看看个人声望。它的本质与人为声望或先天声望迥然不同。它是一种与地位、权力无关，而且只有少数人具备的品质。这些人能对他周围的人施展真正的魔力，尽管他们之间社会地位平等，而且他们也无任何统治手段。这些人迫使周围的人接受他们的想法与情感，而让众人服从他们就像吃人的猛兽服从驯兽师一样简单。

佛祖、耶稣、穆罕默德、圣女贞德（Joan of Arc）和拿破仑等伟大的群体领袖都享有这种崇高的声望，而且他们取得的地位也多归因于这种声望。各路神灵、英雄豪杰和诸家言说都是凭借自身内部强大的力量才能够在世界范围内一往无前。当然他们不能拿来细究，一旦细究他们便不复存在了。

我刚提到的这些伟人在成名之前，早已具备了这种神奇的魔力，可以说，如果没有这股力量做后盾他们也就不会取得如此成就。例如，集万般荣誉于一身的拿破仑，就不是仅凭借手中的权力才享有巨大声望的，因为当他还是无权无势的无名小辈时，在某种程度上已经具备了这种声望。

当他被派往指挥意大利军队时，只是一名普通将军。到意大利之后，他发现自己原来处在一群粗暴的将领之中，而且这些人一心想给这位总部派来的空降兵一点苦头吃吃。幸亏有那些权势贵族给他当保护伞，所以第一次会面时，在没有借助任何言语、体态威胁的情况下，他们一看到这位将会成为无比非凡的人物时就被征服了。借助于当时的回忆录，泰纳对这次会面作了有趣的描述。

“师部将军中，奥热罗（Augereau）是个粗野彪悍得流氓军人，常常以其伟岸的体格和无比的胆量自诩。他来到军营，对派给他们的法国暴发户心怀不满。关于对暴发户的种种描述，奥热罗准备予以无礼拒绝：巴拉斯（Barras）的宠儿、一个因旺代事件而获得军衔的将军、他看上去粗鲁野蛮，以前的最佳成绩就是街头斗殴；由于他总是独自思考低劣的事情，便有了数学家和梦想家的名声。

将军们被带来了，但拿破仑命其在外等候。终于，他身挎军刀出现在他们面前。他戴上军帽，解释完方案后，下达命令，最后让他们离开了。奥热罗一直沉默不语，当他出门后才恢复了常态，又和往常一样信口谩骂起来。他向马塞纳（Massena）坦言，这个魔鬼般的小个子将军让他感到敬畏，他搞不懂那种从最开始就将他压倒的气势。”

成名之后，拿破仑的声望随着他的荣耀与日俱增，甚至他已成为了追随者心中的上帝。旺达姆（Vandamme）将军，一介莽夫，大革命时期出身的军人，甚至比奥热罗更野蛮、更精力旺盛。1815年，当他与德·阿纳诺（d'Arnano）元帅一起登上杜伊勒利宫的楼梯时，他跟元帅谈起了对拿破仑的看法，他说："那个魔鬼一样的家伙像是对我施了魔法，连我自己都搞不明白。我既不怕神也不怕鬼，可是在他面前，我却会害怕的像个孩子一样直打哆嗦，恨不能找个洞钻进去算了。"

拿破仑对任何与他接触过的人，都能产生这种神奇的魔力。[19]

达武（Davoust）在谈到马雷（Maret）和他自己的奉献精神时说："如果皇帝对我们说，'摧毁巴黎，不能让一个人离开或逃走，这对我的政治利益十分重要。'我相信马雷会保守这个秘密，但是他不会放弃让自己家人逃离这座城市的机会。而我会因为担心走漏风声，让我的妻儿留在这里。"

必须牢记这种魔力的惊人力量，才能理解拿破仑为何能够奇迹般的从厄尔巴岛返回法国，即面对一个对他的专制统治十分厌倦的强大国家的全部武装力量，他独自一人闪电般的征服了法国。对于那些发誓要完成使命前来攻击他的将军们，他只需一个眼神，他们便束手就擒了。

英国将军吴士礼（Wolseley）写道："拿破仑，一个来自厄尔巴小岛的逃犯，几乎是单枪匹马的返回了法国。几周之内，兵不血刃，成功的将合法国王统治下的法国所有权力组织推翻。想证明一个人的气势还有比这更惊人的方式吗？在这场战争中，他始终以一种非同寻常的气势压倒了同盟国，掌握了主动权。这是他最后一场战役，差一点他就成功了！"

拿破仑死后，他的声望依旧与日俱增。正是他的声望，让他平凡的侄子登上了皇位。时至今日，有关他的记忆仍然如此深刻，有关他的传奇故事仍然被人们津津乐道。肆意迫害大众、屠杀数百万生灵、发动一次次的征战，只要你享有足够的声望并能够维持这种声望，你就可以为所欲为。

的确，我所举的都是一些极不寻常的有关声望的例子，但是这些例子对我们认识伟大的宗教、学说和帝国的起源是有帮助的。如果声望对群体不产生任何影响，那么这些伟业的建立会变得难以理解。

然而，声望的基础并不仅仅局限于个人权势、军事荣耀和宗教敬畏；它也可以有更加广泛而普通的来源，而且产生的力量会毫不逊色。19世纪为此提供了若干例证。其中让后人代代相传、记忆最为深刻的事例，是通过分割大陆而改变地球面貌和各国商业往来关系的卓越人物的经历。

他之所以能够成就一番事业，不仅因为他意志坚强，还因为他具有影响周围人的魔力。为了平息所有反对声，他只能展现自我。他言辞简练，流露出的魅力可以化敌为友。在所有的反对声音中英国人的声音是最强烈的，但只要他一出现，英国人就会站在他这一边。当他晚年路过南安普顿时，一路上教堂钟声不绝于耳。今天英国正在开展一项运动，即为了纪念他树立一座塑像。

完成了必须征服的一切后，诸如人类、沼泽、岩石和沙地，似乎没有任何困难可以阻碍他征服世界的脚步，他计划在巴拿马再凿一条苏伊士运河。他依旧采用老办法进行这项计划，但是他已不再年轻，曾经支撑他前进的移山填海的信念显然已经无法再帮他将高耸的山脉移走。群山不从，灾难随之而来，英雄身上荣耀的光环终于被抹去了。

他的一生揭示了声望形成并消失的整个过程。在取得了同历史上最著名英雄相匹敌的伟大成就之后，他竟然被自己国家的官僚打成了最卑贱的罪犯。他离开人世时无人相伴，灵柩所经之处遇到的是一群群麻木不仁、无动于衷的民众。幸运的是，外国统治者依旧对他表示敬意以示怀念，如同对待历史上最伟大的人物一样。[20]

上面所举的例子仍是比较极端的。但是要想细致了解有关声望的心理学知识，将它们置于一系列极端的事例中是必要的。这些极端的事例既可以是宗教和帝国的创立者,也可以是因为一件新外套或一个配饰在邻居面前显摆的人。

在这一系列极端的事情之间,我们发现所有形式的声望都是由组成文明的不同要素引起的,如科学、艺术和文学等,而且声望还是说服群体的一个基本因素。在相互传染的作用下那些享有声望的人物、观点或事物会轻而易举的成为人们有意或无意模仿的对象,从而使整整一代人都具备了相同的情感模式和思维表达模式。

通常这种模仿是无意识的,这正说明了它是一种理想的手段。那些临摹原始人类画作风格的现代画家在灰白色调和僵硬姿态之间根本找不到他们灵感的来源。他们认为自己是诚挚的,但是,如果没有一位知名大师将这种艺术形式复活,人们将继续无视艺术的真实面貌而只看到他们低级幼稚的一面。

模仿另一位著名大师绘画风格的艺术家们,在画布上涂满了紫罗兰,但是他们并没有比50年前的画家观察到的紫罗兰更多。这是因为他们受到这位画家个人独特见解的影响,即"暗示"作用,尽管这位画家行为古怪,却赢得了众所仰望的名声。在文明的所有因素中类似的例子不胜枚举。

通过上述的论述可以得出这样的结论:声望是很多因素的结合体,其中成功是最重要的因素。因为成功,所以成功者的每个观点,都会得到人们的认同,不再受到怀疑。因此作为赢得声望最重要的台阶之一成功如果一旦消失,声望也将随之消失。昨日受群体拥戴的英雄一旦失败,便会遭到曾经拥护他的民众的羞辱。声望越大,带来的这种反应就会越强烈。

在这种情况下,群体会将昔日的英雄视为自己的同类,并向自己曾经臣服现已倒台的权势进行报复。罗伯斯庇尔的下场就是很好的实例。当初他将自己的同僚和大批人处死后,获得了巨大的声望。但是,当再次选举惨遭失败后,他的权力全部丧失,声望也立刻随之消失,群体一转常态,开始齐声诅咒他并最终将其送上了断头台,正如同前不久他的受害者受到的遭遇一样。信徒们总是怒目横眉的将他们以前信奉的神灵雕像打碎。

没有成功做后盾的声望很快就会消失。声望会被磨灭,但是受到争议的声望会消磨的慢一些。然而争议的力量是非常确信的。当声望受到质疑,它就不再是声望。能够长期保持声望的神或人,都经不起争议的考验。为了让群体崇拜,必须同它保持距离。

第8章

推迟文明灭亡的因素

迄今为止，没有哪个民族可以在改变其信念的同时，不破坏其文化的所有构成要素。民族在持续这一转变过程时会一直处在一种混乱无序的状态中，直到他接受了一种新的普世信念。

文明不可缺少的支柱

生物的结构特征与种族的心理特征之间有着密切的相似性。在生物的结构特征中，有一些稳定的、或较稳定因素的改变需要以漫长的地质时间来计算。除这些稳定的、不可摧毁的特征之外，还有一些特征是通过饲养者或园艺家的技艺就可轻易改变的，有时它们会使漫不经心的观察者忽略那些基本特征。

在种族的道德特征上也会发现同样的现象。几乎每一个种族都由两种因素组成，即不变的心理因素和可变因素。因此我们在研究某种族的信仰与意见时会发现，在牢固的基础根基之上总是可以看到一些附带的意见，它们就像岩石上的流沙一样多变。

因此，群体的意见和信念可分为截然不同的两类。一类是重要且稳固的信念，它们可以持续长达数世纪之久，构成了整个文明的基础。例如古代的封建主义、基督教和新教，现代的民族主义原则，当代的民主和社会主义观念；

另一类是短暂而易变的意见，它们通常是那些极易随时代一起消失的一般学说的产物。例如影响文学艺术的各种理论，像创造了诸如浪漫主义、自然主义或神秘主义的理论。通常这类意见都是表面的，如时尚潮流般变化多端，如同湖面上的涟漪，不断的起伏波荡。

伟大的普世信念屈指可数。它们的兴衰成为历史上每一重要种族发展的转折点。文明的真正体系便是由它们构成的。

让某种观念暂时影响群体极其容易,但是,要想让这种观念的影响力变得持久却很难。然而,信念一旦得以确立,再想根除它同样十分困难,唯一的办法就是进行暴力革命。甚至当信念完全失去控制人类思想力量的时候,革命仍是唯一的办法。在这种情况下,革命的任务是对已经遭到抛弃的信念做最后的清理,因为习惯势力总是阻止人们完全舍弃它们。实际上,一场革命的开始即意味着一种信念的终结。

当一种伟大的信念注定难逃一劫的时候很容易被辨认出来,即它的价值开始受到质疑。一切普世信念都是虚构的,它生存的唯一前提就是不受任何的考校查验。

然而,即使当一种信念受到严重冲击时,建立于其上的各种制度仍保有它们的力量,消失过程会很漫长。最后,当信念完全失去威力时,建立于其上的一切都将随之而毁灭。迄今为止,没有哪个民族可以在改变其信念的同时,不破坏其文化的所有构成要素。民族在持续这一转变过程时会一直处在一种混乱无序的状态中,直到他接受了一种新的普世信念。

普世信念决定了各种思想的倾向,是文明不可缺少的支柱,是激发群体信仰并使其形成责任意识的基础。

各民族一直都清楚拥有普世信念的好处,他们直觉的意识到这种信念一旦消失就是他们衰败的开始。以罗马为例,罗马人征服世界的信念是以民族对罗马的狂热崇拜为基础的,一旦这种信念消失,罗马将注定毁灭。至于那些摧毁了罗马文明的野蛮人,只有当他们获得某种共同的信念,即达成某种团结并摆脱政治混乱的状态时,才能做到这一点。

各民族在坚持自己意见的时候总表现得十分偏狭,这不是没有缘故的。这种偏狭是对哲学批判的不容忍,是民族得以生存最必要的品质之一。正是为了寻找或坚持普世信念，才会有如此多的发明家和改革者在中世纪被送上火刑柱，即使免于殉道却还是会死于绝望之中。同样是为了坚持这些信念，地球上才会上演一幕幕可怖的动乱，才会有数百万人死于战场或将要死在那里。

确立普世信念的道路布满了荆棘，可是，一旦它明确的建立起来便会长期的具有一种所向无敌的力量。不论从哲学上看它是多么的漏洞百出，它总有办法让自己被最智慧的人接受。

在过去长达1500年的时间里，欧洲各民族不是一直认为像莫洛克神一样野蛮[21]的宗教神话是不容置疑的吗？传说中的神为了报复违抗他旨意的一个生灵，而对他的后代施以可怕的刑罚，几千年里竟然从未有人意识到这个神话传说的极端荒诞性。就连伽利略（Galileo）、牛顿（Newton）、莱布尼兹（Leibnitz）这样卓越的天才，也从未质疑过这种说法的真实性。没有什么比普世信念的催眠作用更有代表性，同样没有什么可以更果断的表明人类智慧存在着令人汗颜的局限性。

一旦某种新的信条深入人心，它便成为制度、艺术和生活方式形成的力量源泉。在这种情况下，它对人们思想的控制是绝对的。实践者只想着如何将这种信念变为现实，立法者只考虑如何将其具体实施，哲学家、艺术家以及文人则一心钻研于如何将其以不同的形式表现出来。

基本信念可以产生一些短暂、次要的观念，但是这些观念往往会带有基本信念赋予的特征。埃及文明、中世纪的欧洲文明以及阿拉伯地区的穆斯林文明都是少数宗教信仰的产物，这些文明中即使最不起眼的构成要素都留有它们一眼即可辨认的特征。

因此，普世信念使每个时代的人们都生活在相似的传统、观念和习俗构成的环境中，这让他们表现出极为类似的特征，并难以摆脱这种环境的束缚。

人们的行为主要受他们的信念以及由信念形成的习俗支配。即使人们生活中最细微的行为也受这些信念和习俗控制,甚至最独立的精神也难以摆脱这种影响。在不知不觉中控制人们思想的暴政,是唯一真正的暴政,因为你无从反抗。台比留（Tiberius)、成吉思汗（Ghengis Khan)、拿破仑表面看来是最令人敬畏的暴君,但是,深埋地下的摩西、佛祖、耶稣和穆罕默德对人类精神却实行着更为深远的专制统治。

想推翻暴君利用密谋的起义行动就可以,可是利用什么可以成功的颠覆一种坚定的信念呢？在与罗马天主教的激烈对抗中,最终被征服的是法国大革命,即使它借助了像宗教法庭一样无情的毁灭性手段、得到了群体的支持也于事无补。人类记忆深处唯一真正的暴君,往往是对已故者的怀念或无意识中的幻想。

从哲学上看十分荒谬的普世信念,总是会最终取得胜利。当然,如果它缺少这种无法解释的荒谬性也就无法取得成功。这种思考得出的唯一结论是,与所有宗教信仰相比,它不够高明。

宗教信仰提出的幸福理想只能实现于来世,这样就没有人可以提出质疑了。

受机遇摆布的玩偶

我们已经证明坚定的信念具有强大的力量,在这些信念深层特征的表面之上,还生长着一些不断生生灭灭的意见、观点和思想。它们有的寿命只有一天,即使是其中的长寿者生命周期也长不过一个时代。这种意见的变化常常受到种族因素的影响,所以有时只是表面现象。

在考察法国政治制度时我们指出,虽然从表面上看各政党极为不同,如保皇派、激进派、帝国主义者,但是深层次上他们有着绝对统一的理想,而且这个理想完全是由法国民族精神结构决定的。因此在其他民族中,我们也会发现在相同的名称下存在着完全对立的理想。

同一意见无论是重新为其命名,还是改变其用法都不会改变事物的本质。法国大革命时期的人们深受拉丁文化的熏陶,他们的视线始终没有离开罗马共和国。罗马的法律、权标、法袍都成为了他们采用的对象,但是由于他们处在具有强大历史意义影响的帝国统治之下,他们最终不会变为罗马人。哲学家的任务就是在这些纷繁变化的表面之下,挖掘出古老的信念延续下去的原因,找出在不断变化的意见中受普世信念与种族特征影响的因素。

如果我们不做哲学方面的检验,就会进入这样的误区:群体常常可以随意转变自己的政治或宗教信仰。因为历史为我们提供的经验似乎全都证明了这一观点，无论是政治的、宗教的还是文学的。

为了证明以上观点，让我们用1790至1820这短短30年的法国历史作为例证，这正好是一代人生活的时间。

在这段时间里，我们看到群体从最初的君主制支持者转变成激进的革命者，接着转而又支持帝国主义，最后再度支持君主制。在宗教方面，他们从天主教虔诚的教徒转变成无神论者，然后又变成自然神论者，最后又回归为最虔诚的天主教徒。

这些转变不仅仅发生在群体之中，还发生在他们的领袖身上。我们惊奇的发现，国民公会中某些权要、国王的死敌以及那些不信神灵也从不尊敬领袖的人，竟然心甘情愿的沦为了拿破仑谦卑的仆人，之后他们又在路易十八统治下，虔诚的手持蜡烛行走在宗教队伍之中。

在之后的半个多世纪里，群体的意见又发生了多次变更。19世纪初期，“背信弃义的英国贵族”与拿破仑继承者统治下的法国结为盟友；曾两度受到法国入侵的俄国也成了法国的朋友，并在一边幸灾乐祸的看着法国倒退回过去的历史。

文学上、艺术上以及哲学上的观点变化的更加迅速。浪漫主义、自然主义以及神秘主义等理论轮番登场。今天还受人追捧的艺术家、作家，明天就被视如敝屣。

在我们分析了所有这些表面变化后，我们惊奇的发现所有与普世信念和种族情感相悖的观点都没有广阔的生存空间，它们会很快重新回归主流。

凡是与普世信念或种族情感无任何联系的观点都是易变的，是受机遇摆布的玩偶，或许应该这么说，会随周围环境的变化而改变。受暗示与传染影响形成的观点总是短暂的，它们短暂的出现与迅速消失的命运就像沙滩上受海风主宰的一座座沙丘。

目前，群体易变的意见比以往任何时候都多，主要有三个原因。

首先，当以往的信念逐渐失去力量时，它们便无法再像以前那样形成短暂的意见。普世信念的衰弱为一批既无历史也无未来的偶然意见的产生扫清了道路；

其次，群体力量与日俱增，能与之抗衡的力量越来越少。因此群体意见的易变性得以无拘无束的表现出来；

第三，由于近来报业的发展，使得完全对立的观点开始源源不断地出现在群体面前。一个观点产生的暗示作用，很快会被另一对立观点的暗示作用抵消。因此没有一种观点能够得到普及，全部都转瞬即逝。甚至，一种观点还未被广泛接受就已消失不见。

在世界进程中，这些不同的原因造成了这种全新的现象，它是这个时代最显著的特征，当然，我想暗示的是政府引导舆论的无能。

过去，即不久之前，政府措施、少数作家和几家报纸的影响力就可以真实的反映公众舆论。而如今，不仅作家失去了所有影响力，报纸也成为了意见的传声筒。至于政治家，引导舆论对于他们而言比登天还难，他们唯一能做的就是做舆论最忠实的追随者。他们害怕舆论，甚至到了恐惧的程度，因而他们常常变换行动路线。

于是，群体的意见对于政治发展的方向起着越来越重要的作用，它可以促使国家结盟，如之前的法俄结盟就完全是一场大众运动的产物。目前，我们发现一种奇怪的征兆，教皇、国王和君主们特别乐意接受采访，因为他们将这种方式视作民众考察自己对某一问题看法的途径。过去说政治不可受情感影响，或许还算正确。可是今天，当政治越来越多的受到善变的、不受理性影响只受情感支配的群体冲动的影响时，我们还能这么说吗？

至于曾经引导舆论的新闻媒体，已经和政府一样在群体力量面前屈尊俯就。即使是这样，媒体依旧具有很强大的影响力，因为它们是群体纷繁的意见及其不断变化发展的记录者。

作为只是提供信息的部门，新闻媒体从不给人们的思想强加某种观念或学说。为了能够在同行的竞争中获胜，留住读者群，它们还不得不紧随大众思想的变化潮流。

过去以严肃著称的报纸，如《宪法报》《论坛报》《世纪报》，被上一代人视为智慧的传播者，如今它们要么销声匿迹，要么转型成为典型的现代报，将最具价值的新闻被包裹在各类消遣文章、社会八卦和金融吹嘘之中。

今天即使一家资金充足的报纸也不可能让其撰稿人发表自己的观点，因为读者需要的是各种消息或一些消遣娱资，对毫无根据的猜测做出的所有断言一概表示怀疑，因此这些观点于读者没有任何价值。即使是评论家也不再敢信誓旦旦地说某本书或某个剧本一定会成功，他们能做的只有恶语中伤，却帮不了任何忙。

各家报纸都清醒的意识到评论与个人观点毫无价值，它们现在已经禁止发表文学评论，仅仅列出书名，附上两三句“鼓吹之词”。[22] 在未来的 20 年里，戏剧评论可能也会遭遇同样的境遇。

今天，密切跟踪观点变化的过程已经成为新闻媒介和政府的首要任务。它们需要连续的了解一个事件、一项法案或一次演说带来的影响。完成这项任务并不容易，因为没有什么比群体的思想更加多变。如今，群体对他们昨天还推崇的事物转而就深恶痛绝的转变极为频繁。

完全没有任何舆论引导，同时加上普世信念的消失，最终导致每种信念都存在着极端的分歧，使群体对一切不明确触动他们直接利益的事物越来越冷漠。中产阶级的下层成员以及受过一些教育的工人，不是变成了彻底的怀疑论者就是变得极端的善变。

近 25 年来，这一方向的转变引人注目。在此之前的那个时期，尽管与我们相距不是很远，人们的观点仍具有某种总体趋势，因为他们都拥有某些基本信念。仅凭某人是君主制主义者，我们就可以推断他必然拥有某些明确的历史和科学观点；同样仅凭某人是共和主义者，便可以推断他有着完全相反的观点。

君主制主义者十分清楚人类不是由猴子进化而来的，共和主义者同样十分清楚人类就是由猴子变的。谈到大革命时，君主制主义者应当心生恐惧，共和主义者应当充满崇敬。当说到罗伯斯庇尔和马拉（Marat）这样的名字时，共和主义者的语气中一定会带有一种宗教式的虔诚，但是，当如恺撒、奥古斯塔斯或拿破仑这样的名字被他们说出时，一定会伴有一阵猛烈的抨击。甚至法国索邦神学院，也普遍存在这种简单认识历史的方式。[23]

今天由于受到议论与分析，所有意见都失去了它们原有的声望。它们的显著特征快速消失，以至于没有办法可以唤醒我们的热情。现代人越来越多的开始被冷漠侵蚀。

对于意见的总体衰退，我们不必过于悲叹，这是一个不可争辩的事实，是民族生命衰落的征兆。但是不可否认的是，与那些事事否定、批判的人或麻木不仁的人相比，伟人、具备超凡洞察力的人、传道者以及群体领袖，总之是真诚且信念坚定的人会发挥更大的作用。

但是不要忘记一点，如今群体具有强大的力量，一旦某个观点赢得足够的声望而被广泛接受，它就会有一种让所有事情屈服的专制力，那么一切讨论将被长期禁锢。有时，群体是性情温和的主人，像黑利奥阿加巴卢斯（Heliogabalus）和梯比留斯（Tiberius），但是他们时常又表现得变幻莫测。

当一种文明受到群体控制时，它会因为受到太多因素影响而无法长久持续下去。如果有什么可以推迟这种文明的灭亡，那就是群体意见的极端易变性和他们对一切普世信念的无视。

第9章

群体分类

当人群由来自不同种族的个体组成时，便形成了他最初级的形态。在这种情况下，唯一形成团结的共同组带是意志力，换句话说就是领袖受尊敬的程度。

在本书中，我们已经勾勒出了群体心理的一般特点。下面我们把注意力转向群体各自独有的特点。不同类型的集体在适当刺激下变为群体时，除一般特征外，会产生一些各自独有的特点。首先我们简单说说群体分类。

我们先从简单人群说起。当人群由来自不同种族的个体组成时，便形成了他最初级的形态。在这种情况下，唯一形成团结的共同纽带是意志力，换句话说就是领袖受尊敬的程度。这类人群的典型例证可以援引几百年来不断入侵罗马帝国、来源极其复杂的野蛮人。

与上述这些由不同种族个体构成的简单人群相比，那些在某些影响下获得共同特征并最终形成种族的人群更为高级。有时他们表现出群体特征，但这些特征总是或多或少的受种族因素影响。

在本书论述过的某些因素影响下，这两类人群都可以变为组织化群体或心理群体。我们将组织化群体分为以下两类：

A. 异质群体

1. 无身份、无名位群体（如街头群体）

2. 有身份、有名位群体（如陪审团、议会）

B. 同质群体

1. 派别群体（如政治派别、宗教派别）

2. 身份团体（如军人、僧侣和工人）

3. 阶级群体（如中产阶级、农民阶级）

我们将简要说明这些不同类型群体各自与众不同的特征。

异质群体

本书一直在研究这类群体特征。他们是由特点、职业和智力水平各不相同的个体组成的。

我们发现当群体成员参与某项行动时,他们的集体心理与个体心理有着本质的差异,这种差异会影响他们的智力水平。我们已经知道智力对群体不起作用,他们只受无意识情感的支配。

一个基本因素即种族因素,使完全不同的各类异质群体的存在成为可能。

我们常常谈到种族因素的作用并指出它是决定人类行为方式最强大的因素之一。不仅如此,我们还发现它同样影响群体特征。由个体偶然聚成的群体,如他们可以全是不列颠人或中国人,与由同一类型的个体却来自不同种族如俄国、法国或西班牙组成的群体相比,两者会有很大的不同。

一个群体由包含了各种环境条件并且由来自不同民族且比例相近的个体组成时,虽然这种情况十分罕见,但是这种情况一旦出现,他们天生的心理结构所赋予的情感和思维模式的极大差异会立刻凸显出来,不论表面上使他们走到一起的利益有多么一致。

社会主义者试图利用召集各国工人阶级代表召开会议的形式将他们集合在一起,但是,最终却以公开的冲突分道扬镳。无论是革命的还是保守的拉丁民族，为了实现自己的要求，总会借助于国家力量。他们会十分明显的表现出对中央集权的明显倾向以及对独裁统治或明或暗的支持。

相反，英国人和美国人只依赖自己的主动性，根本不理会国家的作用。法国人重视平等，英国人重视自由。种族间的这些差异说明有多少民族几乎就有多少种不同形式的社会主义和民主。

因此，种族特征对群体性格起着至关重要的作用。它的力量很强大，能够决定群体性格的变化。因此，我们可以将“种族精神越强大，群体的次要特征越不明显”视为一条基本定律。群体的状态和控制群体的力量类似于野蛮状态，或是这种状态的回归。

由于种族获得了一种稳固的群体精神，使它能够越来越大程度的摆脱群体盲从的影响，走出野蛮状态。除了种族因素，异质群体唯一重要的分类就是将其分为无身份、无名位群体和有身份、有名位群体，无身份、无名位群体如街头群体，有身份、有名位群体如议会和陪审团。无身份、无名位群体缺乏责任感，而有身份、有名位群体则恰恰相反，具有很强责任感，这种差异感常常使他们的行为极为不同。

共同信仰的结合体

同质群体包括：1）派别群体；2）身份团体；3）阶级群体

派别群体是同质群体组织化过程的第一步。派别中的成员可以有不同的教育背景，可以来自不同的行业和阶级，但是共同的信仰将他们紧密地联系在了一起。宗教和政治派别就是典型的例子。

身份团体是组织化群体中组织化程度最高的群体类型。派别中的成员来自各行各业，教育程度与所处社会环境各不相同，他们仅凭共同的信念走到一起，而身份团体的成员则来自同一行业，因此他们的教育程度和社会地位很近似，如军人和僧侣。

阶级群体的来源同以上两种群体相比有很大的区别，即不是因为拥有共同的信念，也不是因为拥有共同的职业，而是因为几乎相同的利益、生活习惯和教育经历，例如中产阶级和农民阶级。

本书只对异质群体进行研究，同质群体（派别、身份团体和阶级）的研究将在另一本书中进行，对此我不再多做论述。下面在考察几种典型群体后，我将对异质群体的研究做出总结。

第10章

受无意识支配的刽子手

犯罪群体的动机通常来源于强烈的暗示，参与此类犯罪行为的个体事后都深信，他们这么做是尽忠职守，所以说这远非一般意义上的犯罪。

无意识的行凶者

兴奋之后，群体会进入一种完全无意识的状态，这时他们只受暗示影响，因此无论怎样他们很难称得上是犯罪群体。我只能暂时保留这一错误的定性结论，因为最近的心理学研究使这个观点变得十分流行。如果就行为本身而言，群体的某些行为确实是犯罪。这样的犯罪行为如同一只老虎只图一时好玩，让其幼崽将一个印度人撕裂后再把他吃掉一样。

犯罪群体的动机通常来源于强烈的暗示，参与此类犯罪行为的个体事后都深信，他们这么做是尽忠职守，所以说这远非一般意义上的犯罪。

群体犯罪的历史说明了一切。

巴士底狱监狱长德·劳奈（de Launay）的遇害可以被看作是群体犯罪的典型案例。当巴士底狱被攻占后，监狱长德·劳奈被一批群情激昂的人团团围住并开始遭到来自四面八方的拳打脚踢。

有人建议将他绞死，砍下他的头，将尸体拖在马后游街。在自我保护的过程中，德·劳奈无意踢到了在场的某个人。于是，又有人提议让那个被踢到的人割断监狱长的喉咙，这个建议立刻得到在场所有人的赞同。

他是个失业厨师，无聊的好奇心使他来到巴士底狱，想看看这里究竟发生了什么。因为大家都这么认为，他也认为这是一种爱国行为，甚至觉得自己应该得到一枚勋章，奖励自己手刃恶魔。他拿着一把借来的刀对着裸露的脖子下手，但是刀有点钝，怎么都割不动，于是他从兜里掏出一把黑柄小刀（作过厨师，应该对切肉很在行），成功地完成了任务。

在这个例子中，我们可以清楚地看到暗示的作用方式。我们听从的暗示由于源于群体所以显得更为强大。行凶者认为自己的行为非常值得称赞，他的这种想法因为得到同伴的一致认可而显得更加理所当然。这种行为在法律上属于犯罪，但从心理上说却不是犯罪。

与我们之前探讨过的所有群体特征完全一样，犯罪群体的一般特征也表现为易受暗示、轻信、善变、情感夸张以及表现出某种道德等等。

疯狂的大屠杀

我们发现,法国有史以来留下最凶残记录的群体,即参与“九月惨案”的人们。在他们身上群体的所有特征暴露无遗。实际上,他们与制造“圣巴塞洛缪惨案”的人们十分相似。泰纳根据当时的文献资料做过有关“九月惨案”的描述,我将引用其中的部分细节:

没有人确切的知道是谁下令或建议以屠杀监狱里的犯人的方式来清空监狱。不论是丹东还是其他什么人,都已经不重要。我们感兴趣的是被指控谋杀的群体受到的强烈暗示作用。

这个犯罪群体约有三百余人,是个完全典型的异质群体。除了少数职业混混外,主要是一些店主和各行各业的手艺人,如靴匠、锁匠、理发师、砖瓦匠、店员和信差。受到暗示后,就像上面提到的厨师一样,他们完全相信自己是在完成一项爱国主义使命。他们挤进一间办公室后,立刻化身为法官并开始执行死刑命令,在这个过程中,他们丝毫没有意识到自己是在犯罪。

他们接到暗示之后深信自己肩负的是神圣而重要的使命,于是开始着手搭建一座特别法庭,同时表现出群体简单且低级的正义感。考虑到被告人数众多,他们决定将贵族、神父、官员和皇室成员,即那些在爱国者眼里仅凭职业就被认定有罪的人全部处死,他们认为这些人根本没有必要一个个予以审判。至于其他人,他们根据这些人的外部特征和声望进行了判决。

通过这样的方式,群体低级的良知得到了满足。现在可以合法的进行屠杀了,他们凶残的天性得到自由释放。这种本能的起源我之前说过,群体总能将这种本能发挥到极致。通常,群体的这些本能不妨碍他们表现出其他相反的情感,如他们柔软的心肠常常与他们的凶狠残暴一样极端。

他们对巴黎工人怀着友善的同情和适时的情感。在阿巴耶,当他们中有人得知犯人已经断水26小时后,一心想把狱警打死,要不是犯人们求情,他们真的会这么做。当临时法庭宣告一名犯人无罪时,在场所有的人包括警卫和刽子手全都万分激动的与他拥抱并疯狂的鼓掌。

之后,大屠杀的序幕再一次被拉开。在这个过程中,欢快的气氛从未停止。在尸体边,到处都是手舞足蹈的人;处死贵族时,女士们坐在"女士专座"的长凳上心怀喜悦的见证这一时刻的到来。此外,这种公开表演一直被赋予一种特殊的正义感。

阿巴耶的一名刽子手抱怨道,因为女士们离看台太近了,所以当场可以享受手刃贵族快感的人太少,应该确保观看的公平性。于是,他们决定让受害者在行刑之前缓慢的经过两排刽子手,而刽子手们则尽职尽责的用刀背行刑,为的只是延长受害者痛苦的时间;在福斯监狱,受害者被扒得精光后,施以半小时的"凌迟"极刑,当在场的每个人都看够了,才再将他们一刀剖腹。

刽子手当然也会心有不安并表现出一种道德感,之前我们提过群体的这种道德。他们拒绝占有受害者的钱财和珠宝,把它们放在委员会的桌上。

群体心理特征——低级的逻辑推理常常可以在他们所有行为中看到。因此,在屠杀了民族的1200到1500个敌人之后,有人提议将监狱里关押着的老弱病残、儿童以及流浪汉统统杀掉,因为这些人都是社会的多余人。这个建议一提出即被采纳。

当然,他们中间肯定也有人民的敌人,如一个曾经投毒杀死老公的寡妇德拉卢 (Delarue),“她一定对蹲监狱十分恼火,如果她有机会一定会一把火烧了巴黎:她一定这么说过,她是这么说过。干脆杀死她算了。”这种推论似乎很有说服力,于是监狱里的囚犯一律被处死了,其中的50名12至17岁的儿童也不能幸免于难,他们当然也成了国家的敌人,因此显然会被除掉。

一周的忙碌接近尾声时,所有的杀戮即将终了,刽子手可以好好休息了。他们深信自己为祖国立了大功,前往政府要求领赏。极端狂热的人甚至要求授予其奖章。

1871年巴黎公社的经历也为人们提供了一些类似的事例。由于群体势力不断增长,权力组织在他们面前连连失利,我们一定还会看到许多诸如此类的事件。

第11章

比法官更具人情味的刑事群体

在熟悉了身份团体心理，以及其他各类群体心理之后，我不再认为一件受到错误指控的犯罪案件，应该去和法官交涉而不是陪审团。在陪审团那里我们应该还能找回清白，而在法官那里却丝毫不可能得到承认。群体力量使人生畏，而某些身份团体则更甚之。

“弱智”群体

由于无法在此对所有类的型陪审团一一进行研究，因此我将对其中最重要的，即法国刑事法庭陪审团展开研究。这些陪审团是有名异质群体的绝佳案例。我们会发现他们表现出易受暗示且缺乏逻辑的特点；当他们受群体领袖影响时，主要是他们的无意识情感在起作用。在研究过程中，我们会碰到一些有趣的案例，其中大多是不懂群体心理的人会犯下的错误。

首先，当群体成员做出某项决定时，其智力水平无关紧要，在这方面陪审团亦是如此。我们已经知道，当审议大会对某个非完全技术性的问题发表意见时，智力毫无用处。例如在一般性问题上，一群科学家或艺术家因为形成了团体，便无法做出明智的判断，与砖瓦匠或杂货商做出的判断没什么区别。

在不同时期，尤其是1848年以前，法国政府对陪审团组成人员的筛选把关极严，陪审员都是从知识阶层中挑选的，如教授、官员、文人。而如今，陪审员多来自小商人、小资本家和雇员群体。然而，令专家百思不得其解的是，无论组成陪审团的是什么人，他们所做的判决都是一样的。甚至那些敌视陪审团制度的地方官，也不得不承认这个事实。

刑事法庭前庭长贝拉·德·格拉热（Berard des Glajeux）在《回忆录》中，对这一问题发表了如下看法：

今天的陪审员选择权实际上由市议员操控,他们根据各自的政治和选举需求选拔或淘汰候选人……被选中的陪审员大多数是商人,但他们的地位已经今非昔比,或是政府部门的从业人员。一旦法官开始审理案件,他们的观点和职业便毫无意义。许多陪审员怀着新人的热情和最良好的意愿将自己放在谦卑的位置上,陪审团精神依旧:判决不变。

在这段描述里,我们要牢记于心的是贝拉·德·格拉热的结论,而不是毫无说服力的解释。我们不必讶异于这种解释,因为律师通常和法官一样,对群体心理一无所知,更不要说陪审团了。从作者引用的一个事实中我发现了一个证据。他说,刑事法庭最杰出的出庭律师拉肖(Lachaud)先生,想方设法的反对聪明的陪审员出现在陪审团人员名单上。然而最终,经验让我们知道这些反对完全是无用的。

今天的公诉人、出庭律师,甚至巴黎律师席上的那些律师都放弃了他们反对陪审员的权力,就可以证明反对陪审员是无用的。正如德·格拉热所述,裁决依旧不变,“结果不会更好,也差不到哪儿去。”

他们同样是情感的奴隶

和群体一样，论证对陪审团的作用微乎其微，情感因素却深深的影响着他们。一位出庭律师说："他们受不了面对一位哺育婴儿的母亲或孤儿。"德·格拉热说："一个妇女要想赢得陪审团的支持，只要长着一幅悦人的容貌就够了。"

陪审团对那些自己可能受到危害的罪行毫不手软，而且这类罪行对社会危害最大。而对那些出于情感因素造成的违法案件，陪审团便心慈手软起来。对未婚先孕的杀婴母亲，对用硫酸泼诱奸或抛弃自己男人的年轻女性，他们很少十分严苛。他们本能的觉得社会依旧照常运转，这类犯罪对社会的威胁不大；而且当一个不受国家法律保护被人抛弃的女孩为自己报仇时，这种行为非但无害反而有益，因为她可以事先恐吓那些潜在的感情骗子。

陪审团和群体一样，深受声望的影响。德·格拉热十分正确地指出，陪审团的构成虽然十分民主，但他们在好恶倾向上却十分贵族化："头衔、出身、财富、声望以及名律师的助阵，总之一切富有声望或能给被告增光的事情，对他都极为有利。"

一名出色的律师，他的工作重心应该是如何影响陪审团的情感。和对付群体的方法一样，他们最好采用适时说理的方式但不要太多，或者只采用最低级的推理方式。在刑事法庭上赢得多场官司的英国大律师，详细地列出了律师应当遵循的辩护准则：

辩护时，只要留心观察陪审团的反应，最有利的机会就会随手可触；律师凭借自己的判断和经验，从陪审员不同的面部表情中猜测每句话的效果，最终得出自己的结论。他第一步要做的是，确认哪名陪审团成员已经赞同他的辩护理由，赢得他们的支持不需要费很多功夫。之后他会将注意力转向那些心怀恶意的人，努力找出他们敌视被告的原因，这是最棘手的一部分。因为除了出于正义感外，判一个人有罪可以有无数理由。

这些话重构了辩护技巧的全部要领，也让我们明白了事先准备的演说总是收效甚微的原因，——必须根据演说所产生的不同反应随时改变措辞。

辩护者不必使每个陪审员都赞同他的观点，他只需赢得那个影响普遍意见的领袖人物的支持即可。和群体一样，陪审团中同样存在领导其他人的少数人物。上述英国大律师说："通过经验我发现，一两个有影响力的人就足以使其他陪审员跟着走。"通过巧妙的暗示，我们只需赢得这一两个人的信任。首先，我们必须取悦于他们。如果我们已成功赢得群体中某个人的好感，那么这个人即将被我们说服。这时无论提供什么证据，他都可能十分信服的接受。关于这一点我从拉肖的记述中摘录一段趣闻，以示启发：

大家已经知道，在刑事案件庭审时，拉肖每次辩护时视线决不离开那两三个他知道或感到有影响力却态度顽固的陪审员。通常，他都能成功的赢取这些顽固陪审员的支持。然而一次在外省为了说服一个陪审员，他不得不运用最狡黠的辩护技巧，进行了长达 45 分钟的辩护，可是此人仍然无动于衷。他是坐在第 2 排第 1 个的 7 号陪审员。

这种情况令人十分沮丧。突然，在激情陈述的过程中，拉肖停顿了片刻，向审判长说："阁下能否下令将前面的窗帘放下？ 7 号陪审员已经被阳光刺得睁不开眼了。"那位陪审员红着脸，朝他微笑表示谢意。就这样，他被争取到辩方这边了。

“犯罪群体”的保护伞

近来,许多作家开展了一场强烈的反陪审团制度运动,其中包括一些最知名的作家。然而面对一个无法控制的团体不断犯下的错误,这种制度是保护我们免受其害的唯一办法。

有些作家主张陪审员只能产生于知识阶层,但是我们已经证实即使这样做了,他们依然会做出与现行陪审制度相同的判决结果。另一些作家公开指出陪审团所犯的错误,希望能够将其废除并让法官取而代之。

让人费解的是,这些自称自许的改革家怎么忘了,陪审团犯的错首先应归咎于法官。当被告被带到陪审团面前时,他已经被一些法官、督察官、公诉人和初审法庭认定有罪了。因此很明显,如果是法官而非陪审团对被告做出判决,他会失去最后找回清白的机会。因此,陪审团的错误常常首先是法官的错误。

当特别严重的审判错误发生时,唯一应该指责的是法官。例如最近对L医生的定罪就是如此。一个半痴呆的女孩指控L医生为了30法郎,给她做了非法手术。而一个糊涂透顶的督察官仅凭这个女孩的告发就对L医生提出起诉。要不是触犯众怒,迫使最高法院院长立刻将L医生释放,他一定会被劳役拘禁。这个被宣告有罪的人终于得到了同乡的认可,使这桩错案的无理性暴露于众目睽睽之下。

这些地方法官自己也承认这位医生是无辜的，然而出于身份因素考虑，他们仍竭力阻止赦免令的签署。在所有类似案件中，陪审团在遇到无法理解的技术问题时，自然会倾听公诉人的陈述，因为他们认为，这些善于剖析最错综复杂案情的法官已经对案件进行了调查。

那么，谁是制造错误的真正元凶，陪审团还是法官？我们应极力维护陪审团制度。因为它可能是唯一一种不能由任何特征取代的群体类型。只有它才能使严酷的法律易于接受，这种法律中人人平等，而且原则上不允许任何特殊情况发生。

冷酷无情、只遵循法律条文的规定法官，在对待入室劫杀者和受诱骗者抛弃而杀婴的不幸的贫穷少女时，严厉的职业习惯会使他们做出同样的惩罚裁决。然而陪审团则本能的认为与诱骗者相比，受骗少女的罪过要小得多，虽然诱骗者没有触犯法律。因此她理应得到宽待。

在熟悉了身份团体心理，以及其他各类群体心理之后，我不再认为一件受到错误指控的犯罪案件，应该去和法官交涉而不是陪审团。在陪审团那里我们应该还能找回清白，而在法官那里却丝毫不可能得到承认。群体力量使人生畏，而某些身份团体则更甚之。

群体易说服，身份团体却不是。

第12章

政治机器的杰出作品

选民群体，即有权选举某人担任官职的集体，属于异质群体。但是由于他们的行为仅限于一件明确规定的事情上，即在候选人中做出选择，所以他们只具备少数前面说到过的特征。

“迎合”是候选人获胜的有效法宝

选民群体，即有权选举某人担任官职的集体，属于异质群体，但是由于他们的行为仅限于一件明确规定的事情上，即在候选人中做出选择，所以他们只具备少数前面说到过的特征。在群体特征中，他们尤其表现出推理能力弱、缺乏批判精神、易怒、轻信且头脑简单的特点。此外，他们的决定同样受到群体领袖以及断言、重复、声望、传染这些我们之前列举过的因素影响。

下面我们看看说服选民群体的方法。通过最有效的方法可以轻易发现他们的心理特征。

首要一点，候选人应该享有声望，而财富是能够取代个人声望的唯一因素，才能甚至天赋都不是十分重要的成功要素。

另外十分重要的一点是，享有声望的候选人必须能够让自己被选民毫无争议的接受。大多数选民是工人或农民，而他们的同行在通常情况下在他们中很少能产生威望，所以他们很少选择自己的同类代表自己。即使，他们偶尔会选出同伴，也是出于某些次要原因。例如故意同选民平时依赖的某个大人物或有权势的雇主作对，因为通过这种方式他们能产生一时成为其主人的快感。

因此，候选人要想确保选举万无一失，仅凭声望还不够。选民尤其看重候选人表现出来的抱负和信心。所以他们必须用最夸张的方式哄骗选民，毫不犹豫地向他们做出天马行空的承诺。

如果选民是工人，无论用多恶毒的语言侮辱和蔑视雇主都毫不过分。至于竞争对手，候选人必须通过断言、重复和相互传染的方法让人们觉得他是个十足的混蛋，其罪行已众人皆知。当然，为任何证据的表象费神是无用的。对手如果不熟悉群体心理，他会通过各种论证来证明自己的观点而不是只用断言对付断言，因此他将毫无胜算可言。

候选者的书面纲领不要过于绝对，因为这可能会被对手利用，从而得到反驳的机会，而口头纲领，再怎么高谈阔论都不为过；不必害怕承诺要进行最重大的改革。一旦做出承诺，这种夸大其词的说法会带来巨大影响并对未来毫无约束力。因为这需要选民经常持久的观察，而他们绝不愿意为此费心，他们不在乎自己支持的候选人贯彻其竞选纲领到了什么程度，所以这场选举很可能凭借这个竞选纲领获胜。

在上述情况中，我们可以看到所有我们之前讨论过的说服因素。我们曾强调话语和套话神奇的支配力，它们在发挥作用的时候我们能再次看到这些说服因素。一个懂得如何运用说服手段的演说者，可以让群体做任何他想做的事。即使是那些已经被用烂了的表达方式，例如不义之财、无耻的剥削者、可敬的工人、财富社会化，也永远不会失去其巨大的效力。

此外，候选人想出的一套意义极其空洞的新词，如果能够迎合群体的各种不同需求，也必然会帮助他获胜。1873 年，西班牙爆发的那场血腥革命就是因为一个晦涩难懂、每个人有着各自理解的词语引起的。当时的一位作家描述了这个词语的出现，值得在此引述：

激进派已经发现集权制共和国其实是伪装的君主国，为了迎合激进派，全体议会正式宣布成立一个联邦共和国，虽然没有人知道自己投票赞成的是什么。但是这种说法让人皆大欢喜，这种喜悦让人激动不已。充满美德和幸福的时代已经到来。如果共和主义者的对手拒绝承认其联邦主义者的称号，他们会觉得自己受到了致命的侮辱。

街上的人们以“联邦共和国万岁！”互致问候，随后颂扬四起，对军队没有纪律这种难以理解的优点以及士兵自治进行歌颂。

什么是“联邦共和国”？有些人认为这种制度意味着各省的解放，与美国联邦制及“行政分权制”十分相似。另一些人则认为它消灭了一切权力，加速了社会清算的进程。

巴塞罗那和安大路西亚的社会主义者坚决维护公社至高无上的权力，为此，他们建议政府建立1万个独立自治区，制定各自独立的法律，同时遏制警察和军队势力的发展。南部各省的起义很快在城市、乡村间蔓延开来。之后，第一个发表了宣言的村庄发布公告，他们要破坏电报线和铁路线，切断与邻村和马德里之间的所有联系方式。

最悲惨的村庄注定继续悲惨下去。联邦制被州郡行政制取代，杀人放火无处不有，各种野蛮行径、血腥狂欢在这片土地上鼓噪四起。

无休止的争论战

想要弄清逻辑推理对选民思想可能产生的影响，一定不要看有关选举集会的报道。在这些集会中，选民们信口开河、抨击对手，有时甚至拳脚相向，但绝不会有理性推论。如果出现片刻沉寂，那是因为某个号称“硬汉”的家伙当场宣称自己要用问题质问候选人，每每出现这种情况都会给观众带来乐趣。然而反对派高兴不了多久，因为很快提问者的声音就被对手的叫嚷淹没。下面有关公众集会的报道是从日报中许许多多类似的事例中选出来的，可作为典型事例：

集会组织者之一要求大会选举一名主席，顿时全场骚动。无政府主义者纵身一跃上了会台，强暴的占领了会议桌。社会主义者激烈反抗；厮打开始了，每一方都指责对方是政府派来的奸细，诸如此类……一个眼眶被打青了的公民离开了会场。

在激烈的争吵声中，委员会最终使主席正式就职，发言权交给了X同志。

这位发言人开始猛烈抨击社会主义者，而被抨击者则用“白痴、恶棍、流氓”等叫喊打断他的讲话。面对这些攻击X同志提出一种理论，即社会主义者是“白痴”或“小丑”。

昨晚，阿勒曼党在福伯格宫大街的商会大厅组织了一次大会，为五一节工人庆祝会做准备，大会的标语是“沉着冷静！”

G同志——暗指社会主义者是“白痴”和“小丑”。

所有的言语中充满了相互抨击的谩骂，演说者和听众扭成一团。桌子、椅子、板凳全都成了攻击武器。

千万不要以为这种争论是坚定的选民群体特有的现象，并取决于他们的社会地位。在任何无名集会中，即使成员全部是受过高等教育的人，同样会出现这种争论。我前面指出当人们聚成群体时他们的智力水平会趋于一致，这种证据俯首皆是。下面是我引用的1895年2月13日《时报》上一段有关学生集会的报道：

随着夜色蔓延，喧闹声有增无减。我相信没有哪个演说者可以不被打断的说完一段话。叫嚷声此起彼伏，或是全场突然轰鸣。掌声、嘘声不绝于耳，观众间激烈的争论愈演愈烈，一些人挥舞着棍棒以示威胁，另一些人不断地击打地板，人们冲着打断者叫喊道“把他拉出去！”或“让他说！”

C先生满嘴都是有关集会“可恶”“怯懦”“丑陋”“卑鄙”“腐败”“报复”之类的话，他宣称要将这些全部消灭。

你可能会问，在这种环境下选民的意见如何才能达到统一呢？提出这样的问题的人，肯定对群体的自主性有一种错误的认识。群体的意见是别人强加给他们的，他们从不敢夸口说自己的意见有多么严谨缜密。在这一点上，选举委员会控制了选民的意见和投票结果，通常委员会的领袖是一些政客，因为向工人提供信贷而具有很大的影响力。当今最勇敢的民主战士之一的谢乐（Scherer）先生曾说：“你知道什么是选举委员会吗？它是我们各项制度的基石，政治机器的一件杰作。今天的法国就是由选举委员会控制的。”[26]

只要候选人被选民认可并财力雄厚，对选民产生影响并非难事。候选者背后的财团承认，300万法郎足以确保布朗热将军再次参选成功。

这就是选民群体的心理特征。与其他群体一样，不会更好，也不会更差。

因此,根据以上内容我没有得出反对普选权的结论。如果让我对它的存亡做出定论,出于某些实际原因,我将保留我的观点。事实上,这些实际原因是我们在研究群体心理时得出的。因此,我将对这些实际原因做进一步阐述。

群体权力拥有与宗教一样的力量

确实，普选权过于明显的弱点使人们很难视而不见。无可否认，文明是少数智力非凡人类的产物，它构成了金字塔的顶点。随着智力水平的降低，金字塔的各个层次不断变宽，它们分别代表一个民族中不同的群体。成就一个文明的伟大，当然不是依靠低劣成员的人多势众。此外，群体选票往往十分危险。它们已经让我们付出了数次遭受侵犯的代价，在群体正在为之奋斗的社会主义即将胜利之际，难以预测的人民主权可能会让我们付出更为沉重的代价。

然而，这些反对理由虽然在理论上显得十分具有说服力，但是在现实中却变得毫无作用。如果你还记得当观念变成信条后便可产生不可战胜的力量的话，你就会承认这一点。

从哲学观点看，群体权力至上的信条和中世纪的宗教信条一样经不起一点争论。但是现在它享有着和昔日信条一样的绝对力量，因此它就像我们过去的宗教信仰一样不可撼动。

试想一下，如果将一个现代自由思想家神奇般地被送回到中世纪，当他发现盛行于当时的宗教信仰有着至高无上的权力时，你认为他会抨击它们么？一旦落入某个想要将他送上火刑柱的法官之手后，诋毁法官与魔鬼缔结条约或参加了女巫的祷告活动都将成为被指控的理由，这时，他还会对魔鬼或祷告活动的真实性提出质疑吗?

用讨论的方式与飓风对抗,和用讨论的方式反驳群体信念一样,明智不到哪去。如今,普选权拥有着过去基督教曾经拥有的力量。当演说者和作家谈到它时流露出的敬意和谀媚,即使是路易十四也未曾享受过。因此对待普选权和所有宗教信条,我们应当采取同样的立场。只有时间可以改变它们。

此外,试图削弱这种信条影响力的努力更是无用,因为它具有一种完全能够保护自己的外表。托克维尔(Tocqueville)正确地指出"在平等的时代里,人们彼此相似,缺乏信仰。然而这一相似点使他们无限的信赖公众的判断。原因在于,所有人不可能一样聪明,真理往往掌握在少数人手里。"

限制选举权,即将选举权限制在智力令人满意的一类人手中,这样做投票结果会有所改变吗?当然不会,我之前曾指出无论什么人员构成的集体,他们的智力水平都一样低下。在群体中,人们的智力水平总会趋于一致。在一般性问题上,40名院士的投票结果不会比40名运水者更高明。

我丝毫不认为专门让有学问并受过教育的人作选民,其投票结果会与备受谴责的普选投票结果有多大的不同。例如在帝国重建这个问题上。一个人不会因为通晓希腊语或精通数学,或因为是建筑师、兽医、医生或大律师,便获得一种解决社会问题的特殊智力。

我们所有的政治家、经济学家都受过高等教育,大部分是教授或学者,然而在贸易保护、复本位制等一般性问题上,他们有达成过一致意见吗?原因在于,他们的学问只是我们普遍无知的弱化形式。在社会问题上,由于未知因素过多,人类是同样的无知愚昧。

因此,全体选民如果全部由各学科的专家组成,他们的投票结果几乎与现在的结果是一样的。他们主要受各自的情感因素和党派精神左右。我们现在苦于应付的难题还是一个也免不了。我们肯定会受到某种身份团体的专制统治。

无论是限制性选举权还是普选权，无论是在共和制还是君主制统治下，也无论是在法国、比利时、希腊、葡萄牙还是西班牙，所有地方的结果都一样，它们是种族无意识愿望和需求的表现。在每个国家，当选者的一般意见体现了种族特征，这种种族特征将世代相传且不会发生显著改变。

可见，我们又一次遇到种族这个基本概念，实际上我们之前经常碰到，由此我们产生了另一个结论，即制度和政府会对一个民族的生活产生作用，但这种作用不大。民族主要受种族特征的支配，即受各种遗传品质的支配，种族特征正是这些遗传品质的总和。种族因素和束缚我们的日常规律是决定我们命运的神秘主因。

第13章

文明民族理想的象征

议会制是现代所有文明民族理想的象征。这种制度反映出一种观念，即在某个问题上，一大群人比一小群人更有可能做出明智而独立的决定。虽然这种观念在心理学上是错的，却得到了人们的广泛认同。

现代文明民族的理想

议会中有一个关于异质有名群体的例证。虽然不同时代、不同国家议员的选举方式各异,但是他们具有极为相似的特征。这里,种族因素不是弱化就是强化群体特征,但不会妨碍其表现。在差异巨大的国家,如希腊、意大利、葡萄牙、西班牙、法国以及美国,他们的议会在辩论和选举过程中会呈现出极大的相似性,致使他们各自的政府面临同样的难题。

此外,议会制是现代所有文明民族理想的象征。这种制度反映出一种观念,即在某个问题上,一大群人比一小群人更有可能做出明智而独立的决定。虽然这种观念在心理学上是错的,却得到了人们的广泛认同。

在议会中我们同样可以发现群体的一般特征:头脑简单、易怒、易受暗示、情感夸张以及少数领袖的决定性作用。然而由于议会的特殊人员构成,它会表现出某些与众不同的特点,我们就此简要说明。

议会最主要的特征之一是意见的简单化。所有党派,尤其是拉丁民族的党派,无一例外的表现出群体用最简单的万能抽象原则和普遍法则解决最复杂的社会问题的倾向。当然每个党派的原则都不相同,但是因为他们都是群体的一部分,所以他们会夸大各自原则的价值并将这种价值最大化。议会正是这种极端意见的代表。

议会意见的简单化特征在法国大革命时期雅各宾党人的例子中体现的

最为明显。他们善于推理和用教条,脑子里装满了各种模糊的空理念;他们不等把状况弄清楚便忙于实行各种死板的原则。谈到他们,人们不无理由地认为他们经历了法国大革命,却没有目睹革命的发生过程。

他们自以为凭借一些十分简单的指导性教条,就能够将社会从头到尾的改造一番,使高度发达的文明倒退到社会发展的初始阶段。他们实现梦想的手段都标有“绝对简单化”的统一印记,实际上他们只是在扫清前行的障碍。不论是吉伦特派、山岳派还是热月派,他们都受到同一种精神的鼓舞。

领袖操控群体的机器

如所有群体一样，议会群体易受暗示，而且这种暗示是来自享有声望的领袖。但是需要强调的是，议会群体的被暗示性具有明显的界限。

在关于当地或本地区利益的一切问题上，议会成员都持有各自坚定且难以改变的意见，再多的论证也无法撼动。例如在贸易保护或酿酒特权这类触及权势选民利益的问题上，即使凭借古代希腊雄辩家德摩斯梯尼（Demosthenes）的才能也无法改变任何一位议员的投票。投票前选民发出的暗示足以压倒其他任何要求取消的建议，从而维持了意见的绝对稳定性。[27]

在对待一般性问题上，如推翻一届内阁、征收一项新税，意见的稳定性不复存在，这时领袖意见开始发挥作用，虽然与在一般群体中的作用方式不太相同。每个政党都有自己的领袖，有时他们实力相当，也正因此某个议员常常处于两种对立的意见之间，迟迟做不了决定。这解释了我们为何经常看见他在短短的15分钟内做出相反的表决，或是为某项法规添加一条使其失效的条款。例如在取消雇主选择和解雇工人的权利后，接着又在修正案中宣布这项措施无效。

出于同样的理由，每届议会都会出现稳定的意见和易变的意见。从大体上看，议会中迟疑不决的现象多出现在许多一般性问题上。之所以迟疑不决是出于对选民的担心，因为他们表现出的暗示往往不易察觉，而且可能会抵消领袖的作用。

尽管如此,在许多辩论中,如果议会成员在主题上没有强烈的先入为主的意见,辩论依然受领袖控制。

这些领袖的必要性显而易见,因为他们以团体领袖的名义存在于每个国家的议会之中。他们是议会真正的主人。群体成员离不开这个主人,因此议会的表决结果通常只代表了少数人的意见。

领袖的影响力很少是通过他们的论证获得的,而是源于他们的声望。最好的证明就是,一旦他们因为某种状况失去了声望,他们的影响力便荡然无存。

决定政治领袖声望的因素往往不在于头衔或名声,而取决于个人。朱尔斯·西蒙(Jules Simon)为我们提供了一个有趣的案例,是他评论1848年国民议会里的一些政要,那时他是议员之一。

"2个月前,拿破仑无所不能,现在他只是个不值一提的家伙。"

"维克托·雨果(Victor Hugo)登上讲坛,但他没有成功。虽然人们就像听菲利克斯·皮阿(Felix Pyat)说话一样听着他的发言,但他却没有赢得同样的掌声。沃拉贝勒(Vaulabelle)和我谈到菲利克斯·皮阿时说:'我不喜欢他的那些想法,不过他是法国最伟大的作家和演说家。'尽管埃德加·基内(Edgar Quinet)智力非凡,但却丝毫不能受到人们的尊敬。议会召开前他还算是有些声望,但在议会里他却变得默默无闻。"

"没有什么事情比政治集会更会无视才华横溢的天才。他们只听从在合适的时间、合适的地点发表的有利于政党的滔滔大论,而不是为国家利益服务。让他们对1848年的拉马丁(Lamartine)和1871的梯也尔(Thiers)表示敬仰,这需要紧迫且不可阻挡的利益刺激。一旦风险消失,议会立刻会将他们的感激和害怕抛到脑后。"

我引用上述几段话,不是因为它提供的解释,而是因为其中包含的事实即他们的心理学知识是多么贫乏。一旦群体效忠于某个政党或国家领袖，便立即丧失了自己的个性。服从领袖的群体受其声望影响，而不受任何利益或感激之情的支配。

因此，享有足够声望的领袖往往具备掌握绝对权力的能力。一名众议员[28]因名声显赫而多年享有权势，但是却最终因财政问题被推下台，此事广为人知。他只需做一个暗示，内阁便可以倒台。有位作家在下面这段话中清楚得指出了他的影响力：

因为X先生，我们付出了3倍于我们本应对东京做出的努力，因为他，我们在马达加斯加的据点仍长期处于不稳定的状况下，我们在南尼日尔建立的帝国被骗走了一个，我们在埃及的优势地位不复存在。因X先生的理论，我们丢失的领土有甚于拿破仑一世造成的灾难。

对于这种领袖我们不必心存怨恨。的确，他让我们付出了沉重的代价，但是他巨大的影响力多来自于顺应民意，因而在殖民事务上远远不及过去的水平。领袖很少能超越民意，他们所做的一切几乎都是为了迎合民意，这样一来其中所有的错误也一起被得到了重视。

除领袖声望外，我们这里谈到的领袖说服手段还包括之前多次强调的因素。领袖想要娴熟的利用这些手段，必须对群体心理了然于心，至少要无意识的做到这一点；他还必须知道如何与群体交流。领袖尤其应该了解各种话语、套话以及形象的神奇力量。他应该掌握一套特别的演说方式，包括没有论证的有力断言和伴以含糊推理的深刻形象。这是所有议会中常见的演说方式，即使是最严肃的英国议会也不例外。

英国哲学家梅因（Maine）说："从下议院的争论中我们常常可以看到，整个争论过程充满了空洞无力的大话和激烈的人身攻击。这种公式化语言对纯粹民主的幻想有着巨大的作用。一般，群体很容易接受'耸人听闻'的断言，即使断言从未被证实，也许根本不会得到证实。"

这种“耸人听闻”的重要性再怎么强调也不为过。我们曾多次强调话语和套话的特殊力量。它们必须通过这种表达方式唤起人们脑海中生动的形象。下面这段来自一位议会领袖的演说很好的说明了这一点。

“这只船将驶离这片热疾肆虐的土地,这里的监狱关押着名声可疑的政客和反政府的杀人犯,他们可以互诉心事,视彼此为同一社会环境中不可或缺的一部分。”

通过这种方式唤起的形象十分生动,演说者的所有对手都能感受到它的威胁。他们幻想出两幅画面,一片遭受热疾肆虐的国土和一艘可以将他们载离的船只。难道他们不会被当作是可疑的危险政客中的一员吗?他们感到一种潜在的恐惧,就像当年罗伯斯庇尔用断头台进行威胁的含糊演说给国民公会的人造成的感觉一样,在这种恐惧之下,他们一定会做出让步。

最不切实际的夸夸其谈总是对领袖很有帮助。我刚引用的那位演说者可以不激起强烈的反对做出如下断言:银行家和神父资助投炸弹的人,因此大金融公司的董事应该受到与无政府主义者一样的惩罚。断言对群体总是很奏效。断言无所谓太过激烈,声明无所谓过于骇人。没有什么能比这种演说方式更能恐吓听众的了。在场的人担心,如果自己提出抗议会被当作叛徒或帮凶。

正如我所说,这种特殊的演说方式在所有议会中一直有着绝对的影响力。尤其是在危机关头,它的作用更加突出。从这个角度看,法国大革命时期那些著名的议会演说家的讲话显得十分有趣。他们每时每刻都觉得自己应该对罪恶严加谴责,对美德高声歌颂,接着再大声诅咒专制者,信誓旦旦的声称不自由毋宁死。在场所有的人站起来猛烈鼓掌,平静之后各自坐回原位。

即使偶尔有些领袖智力非凡并受过良好教育,然而这些品质所起到的作用往往弊大于利。一个人通过说明事情的复杂性,进行解释进而加深理解，他的智力往往使他变得包容，然而这在很大程度上削弱了信徒信仰所必须的强烈和粗暴。古往今来，尤其是法国大革命时期，所有伟大群体领袖的智力都狭隘的令人感到悲哀，但正是他们有限的智商发挥了最大的影响力。

最杰出领袖的演说，如罗伯斯庇尔的演说，常常有着令人咋舌的自相矛盾。仅凭这些演说实在找不出任何理由解释这位权倾朝野的独裁者何以能够发挥如此强大的作用。

“充满陈词滥调和一堆废话的教导式演说，培养幼稚而非普通思想的拉丁文化，仅有些抨击和对付小学生挑衅的辩护之词，没有思想、没有令人愉悦的措辞变化或是一语中的的流行词语，只有让人生厌的疯狂断言，在经历了这样一次毫无乐趣的阅读之后，你可能会和蔼的卡米尔·德穆兰（Camille Desmoulins）一起大呼一声‘啊！’”。

有时一想到有着坚定信仰的极端狭隘的头脑会给予一个享有声望的人怎样的权力时，就会让人顿觉毛骨悚然。然而对于一个想要无视各种障碍、表现出极强意志的人来说，这些条件依然是必要的。群体本能的在充满活力、信仰坚定的人中寻找他们需要的领袖。

议会演说的成功完全取决于演说者的声望，与他如何论证推理毫无关系。这一点最好的证明就是，当一个人由于某种原因失去声望时，他的影响力，即随意操控表决结果的能力也随之消失。

当某个无名演说者自告奋勇的要发表一场论证严谨的演说时，如果只有论证，恐怕他也只能让别人听听而已。一位对心理学有着独到见解的众议员德索布（Desaubes）先生，最近对一位缺乏声望的众议员作了如下描述：

他走上讲台，从公文包里拿出一份讲稿，按部就班地摊在面前，胸有成竹的开始发言。

他言之凿凿地夸口要将让自己激动不已的信仰传递给听众。他一而再再而三的强调他的理由，提供充分的数字和证据支持，他确信自己会征服观众。

面对他的引证,所有反驳都没有用。他要开始发言了,对其合理推论他表现得自信满满,他相信同伴们会仔细聆听,因为他们一心追求真理。

但是当他打算开口时却惊讶的发现议会现场的人们躁动不安,这让他有点恼怒。

为什么不能保持安静?为什么大家如此心不在焉?对于那些说话的人,议员们有什么看法?是什么急迫的原因让议员纷纷离席?

一丝不安的神情掠过他的面庞。他皱了皱眉停了下来。在议会主席的鼓励下,他提高嗓音,再次进行发言。现在听的人更少了。他加重语气,配合各种手势予以强调。周围的吵声越来越大,他开始连自己的声音都听不见了,于是他再次停下来。最终,因为担心自己的沉默会引起'闭嘴!'这样可怕的叫喊,他又继续发言了。此时喧哗已变得难以忍受。

当议会成员激动的情绪达到一定程度,他们会变得和普通异质群体一样,情感总是十分极端。他们可能做出最英勇的行为,也可能做出穷凶极恶的事情。他们不再是他们自己,他们会做出与自身利益最不符的表决。

法国大革命的历史向我们表明,议员们能够丧失自我意识接受与自身利益完全对立的提案。对于贵族阶级而言,放弃自己的特权是一项巨大的损失。然而在国民公会期间一个难忘的夜晚,他们毫不迟疑的这么做了。

议员们放弃了自己神圣不可侵犯的权利,意味着他们将永远笼罩在死亡的阴影之下。然而他们迈出了这一步并毫无畏惧的在自己的阶层中大开杀戮,虽然他们完全清楚,明天自己可能会得到与被自己送上断头台的同志相同的下场。

他们所谓的真理完全处在一种无意识的状态中。这种状态我们之前曾提到过,任何因素都无法阻止他们接受那些受到催眠暗示的提案。关于这一点有下面这段话为证,它出自议会成员之一比劳·瓦雷纳(Billaud-Varennes)

的回忆录。

“这个我们一直不断谴责的决议，两天前、甚至一天前还被我们排斥，竟然通过了。导致这种结果的是危机，而不是别的什么原因。”

在所有情绪激昂的国民议会中都能看到这种无意识作用的影响力。泰纳说：“他们批准并下令颁布一些他们心存畏惧的措施，这些措施不仅愚蠢透顶，简直就是犯罪，对那些无辜的人以及他们的朋友都会造成极大的伤害。

受到右派支持的左派，在一片热烈的掌声中，毫无异议的将丹东这个他们曾经的首领以及这场革命伟大的推动者和领袖送上了断头台。同样，受到左派支持的右派，在一片热烈的掌声中一致表决通过了革命政府有史以来最恶劣的法令。

在热情的赞美声及对科洛·德布瓦（Collot d'Herbois）、库东（Couthon）、罗伯斯庇尔的热切肯定下，国会全体议员自发进行改选，将杀人成性的政府留在台上。贫民派因其嗜血成性痛恨它，山岳派因受到过其斩尽杀绝的威胁而憎恨它。可是最后，无论是贫民派还是山岳派，多数派还是少数派，结果都落了个自取灭亡的下场。牧月22日，整个议会把自己交给了刽子手；热月8日，在罗伯斯庇尔演说完后的15分中内，议会再次做了同样的事情。”

这个场面看上去阴郁昏暗，但事实就是如此。议会成员一旦兴奋恍惚到一定程度，就会呈现出同样的特点。他们会变的善变而冲动。下面这段话是由无可置疑的民主信仰者斯布勒尔（Spuller）议员对1848年议会的描述。我从《文学报》上将这段十分具有代表性的描述转引如下。它为之前所述的群体特点的情感夸张以及使议会不断地从一种态度转向截然相反态度的极端易变性提供了佐证。

“共和党因其分裂、妒忌、多疑、盲目自信和痴心妄想走向了灭亡。它的简单、公正只有它普遍怀疑的态度能与之相媲美。在缺乏法律意识、纪律观念以及抱有无尽的恐惧和幻想方面与农民和儿童表现的特征差不多。他们的冷静与急躁不相上下，残暴与温顺一样极端。这种情况是由性格不成熟和缺乏教育导致的自然结果。没有什么能让他们大惊小怪，可是每一件事都会使他们感到不安。他们既会害怕的发抖也会表现的英勇无畏，他们既可以赴汤蹈火，也可能逃之夭夭。”

他们无视因果和事物间的相互关系。他们时而灰心丧气，时而斗志昂扬。他们易受各种惊慌情绪影响，不是过于紧张就是过于低落，但是从来不会处在环境需要的情绪或状态中。他们的每句话比流水更加变幻无常。他们如何可以构成政府的基础？

值得庆幸的是，上述这些在议会中看到的特征并不经常出现。这种议会只在某些时候才能形成群体。通常情况下，议会成员拥有各自的特点，正因为此，议会才能制定出优秀的法律。事实上法律的制定者是一位潜心研究法学的专家，因此表决通过的法律实际上是个人而非集体的作品。这些法律自然是最出色的。

当一系列修正案将这些法律变为集体产物时，它们可能会带来灾难性的后果。不论什么性质的群体产物总是比独立个体创造的稍逊一筹。正是专家阻止了议会试图通过的一些愚蠢或难以执行的法令。这时专家成了群体一时的领袖。议会对他不起作用，可是他却支配着整个议会。

消耗财力和束缚人们自由的机器

尽管议会在运转过程中出现了这些困难，但它仍是人类至今为止最佳的治理形式，更是摆脱个人专制的最佳手段。至少为哲学家、思想家、作家、艺术家和学者，即文化精英们，提供了一种理想的治理模式。

实际上，它只带来了两种较为严重的危害。其一，不可避免的财政浪费；其二，个人自由的不断受限。

第一种危害是由各种紧迫的问题和缺乏远见的选民造成的必然结果。如果某个议员提出一项明显符合民主观念的措施提交议会讨论，例如保障所有工人的养老金并提高国家各级雇员的待遇，其他议员不敢无视国家所有雇员的利益否决提案，因为害怕失去选民从而成为了这一提案的牺牲品。虽然他们清楚此提案会给预算增加新的负担，肯定会增加新税。但在投票时他们绝不会迟疑。

支出增加带来的后果现在还无法预测，但是有一点可以肯定，这暂时不会给他们个人带来任何不利影响。但当他们改选时，这种消极后果便会凸显出来。

除了第一种巨大的财政开支外，还有一个同样重要的原因，即必须毫不犹疑的投票赞成为了地方利益发放的补助金。任何一名议员都无法反对发放这类津贴的提案，因为任何一个议员要想为其选区选民谋福利，就必须同意自己同僚类似的要求。[29]

第二种危险是议会对自由限制的必然性。这种必然性不那么明显,却真实存在。这是由于大量法律法规的约束性作用所致。议会认为他们有义务通过这些法律法规,但是由于目光短浅他们大多无法预知后果。

确实,这种危险无法避免。因为即使在英国这个拥有最通行的议会体制、议员于其选民有着最大独立性的国家,也无法免除这种危险。

赫伯特·斯宾塞(Herbert Spencer)曾在很久以前的一本书中指出,表面自由的增加一定伴随着真正自由的减少。在他最近的《人与国家》一书中,他又再次谈到了这个话题。关于英国议会,他是这样阐述自己观点的:

自这个时期以来,立法制度一直按照我指出的方向发展。快速膨胀的独裁政策不断的限制个人自由,这表现在两个方面。首先,每年制定大量的规章制度,对以往公民完全自由的事务进行限制,并强迫他们做一些以前想做就做不想做就不做的事情;其次,日益加重的公共财政负担尤其是地方的财政负担,通过减少个人可支配的利益分成,根据政府当局需求增加他的投资份额,进一步限制了个人自由。

这种不断受限的自由,在每个国家都有斯宾塞没有指出的特别表现形式。大量具有约束力的法律法规的通过,必然增加执行它们的公职人员的人数、权力和影响。这些公职人员可能会成为文明国家真正的主人。他们拥有更大的权利是因为在政府更迭过程中,只有他们不受这些变化的影响,只有他们不承担责任、无需个性且永久存在。没有什么专制统治形式能比具有这三种特点的统治形式更具压迫性。

约束性法律法规不断涌现,用最复杂的准则将人们所有行为一一圈死,这必然导致公民可以自由行动的范围越来越窄。有一种谬论让我们深受其害,它认为不断的制定法律法规可以更好的保障我们平等、自由的权利,因此国家每天忍受着日益繁重的各种限制。它们不会接受没有惩罚的法律制度。由于习惯于接受各种约束，它们很快会达到期望中的奴隶状态，失去所有自然特性和活力。那时它们就像无用的影子，被动、服从、毫无活力的自动运转着。

如果到了这个地步，个体注定要向外界寻求某种自己已经丧失的力量。随着公民越来越冷漠而无助，政府的作用必然随之增长。政府一定会展现出个体缺乏的积极性、创新性和指导精神。重任落到了它们肩上，一切需要它们承担、指挥和保护，于是国家成了无所不能的神，直到经验告诉我们，这类神灵的力量既难持久也非有力。

在某些民族中，自由越来越多的被禁锢起来，尽管表面的许可使他们认为自己仍享有自由。它们衰老的结果至少和任何一项具体制度的衰退造成的结果一样。这是衰落的不详先兆，迄今为止没有任何文明可以逃脱。

根据以往的经验以及各处引人注目的征兆判断，我们已经有一些现代文明走到了这一步，即衰落前极度衰老的阶段。似乎所有民族都不可避免地会经历相同的生存阶段，因而历史会不断重演。

结语：民族生命的循环过程

关于文明发展的一些相同阶段很容易做一个简要的概述，我将以此作为本书的结尾。这种梗概式的说明也许会让我们更好的理解为何群体能够拥有目前这种力量。

如果从文化发展的主要脉络来观察我们之前文化的伟大起源和衰败原因，我们会发现什么？

文明曙光初现之时，移民、侵略活动或占领等因素使一群来源不同的人们走到了一起。他们有着不同的血统、语言和信仰，唯一相同的纽带是一部由其首领颁布的、还未受到一致认可的法律。就在这样混乱的人群中，群体心理特点已经十分突出的表现了出来。他们表现出群体短暂的团结、英雄主义、各种弱点、冲动以及暴躁。他们总是善变无常，是一群野蛮人。

最后，是时间成就了这部作品。环境的一致性、种族间的来往以及共同生活的必要性发挥了它们的作用。不同的团体聚集起来融为一体形成种族，即有着共同特征和情感的群体，他们在遗传因素的作用下日益稳固，接着群体发展成为民族，成功的摆脱了野蛮状态。然而，只有经过长期反复的努力、奋斗以及无数次的反复从而获得某种理想后，一个真正的民族才能出现。至于是什么样的理想无关紧要，不论是对罗马的狂热崇拜，还是为了雅典的强盛或真主安拉的胜利，都足以让种族中所有个体形成完全统一的情感和思想。

在这个阶段，一种包含各种制度、信仰和艺术的新文明诞生了。在追求理想的过程中，种族不断形成各种必要的品质让这种理想变得崇高而富有生命。无疑，他有时仍是一群乌合之众，但是在他们善变的特征背后潜藏着一种稳定的特性，即控制民族变化和时机作用的种族特征。

时间在发挥了它创造性的作用之后便开始毁灭，没有谁能逃得过，无论是神还是人。当一种文明的强盛和复杂性达到一定程度后便开始停止发展，而一旦它们停滞不前便注定迅速走向衰落。这时文明晚期的钟声敲响了。

这种必然的衰落总是以种族的支柱即理想衰落为预兆。随着信仰魔力的褪去，由它激发产生的宗教、政治和社会体系开始瓦解。

随着理想的不断消亡，种族不断失去越来越多使之团结、和谐、强盛的品质。个人的个性和智力水平可能会得到提高，但与此同时，种族的集体自我意识会被过度发展的个人自我意识取而代之，随之而来的是种族特征的弱化和行动力的降低。构成民族或集体的人们，最终变成了一盘散沙。

出于传统和制度的关系，从表面上看，他们会暂时聚在一起。正是在这个阶段，不同的利益关系和愿望将他们弄得支离破碎，他们再也无法进行自我管理，即使是最细微的行为也需要指导，这时国家开始发挥引人注目的作用。

随着古老理想的丧失，这个种族的特征也完全消失。现在它只是一群孤立个体的组合，再次回到了它的原始状态即一群乌合之众。他们极端易变且没有未来，有的只是些乌合之众所有的短暂的特点。他们的文明完全失去了稳定性，只能听天由命。民众的权力至高无上，野蛮之风开始肆虐。这种文明似乎灿烂依旧，因为悠久的历史赋予了它光鲜的外表，实际上它是一座摇摇欲坠的大厦，毫无支撑，风暴袭来时必定立刻土崩瓦解。

在追求理想的过程中，民族由野蛮状态发展到文明状态，当理想破灭后，他们又走向衰落和死亡，这就是一个民族生命的循环过程。

注 释

[1]就连拿破仑最敏锐的顾问对这种群体心理也一无所知。塔列朗(Talleyrand)给他写信说:“西班牙人会把自己的士兵视为解放者”。其实他们被当作野兽。熟知西班牙种族遗传本能的心理学家则很容易预见这种态度。

[2]布朗热将军。(General Boulanger)

[3]经历巴黎围困的人可以看到许多群体轻信的事例。高楼上的烛光立即被视为围攻者的信号,但稍作思考后,就会清楚数里之外根本看不到烛光。

[4]《闪电报》,1895年4月21日。

[5]就这场战役而言,我们知道是如何发生的吗?对此我深表怀疑。我们知道征服者与被征服者是谁,这大概就是我们知道的全部。

德哈考特关于他目睹并亲身参与的索尔费里诺战役的一席话,可能适用于一切战役:“将军们(当然在已经了解数百名目击者的证词后)提交了他们的官方报告,值班军官修改了这些文件并草拟了一份明确的陈述,参谋长提出反对并重新撰写了一份。当文件送给元帅审阅后,他大呼:‘你们全搞错了!’于是一个新版本将其取而代之。原报告的内容已所剩无几。”

德哈考特提到这个事实是想证明,即使最显著、观察最充分的事件,也不可能确定事实真相。

[6]所以不难理解,一些作品在被所有剧院经理拒绝后,由于一个偶然

机会被搬上舞台，竟大获成功。众所周知，科佩（Coppee）的戏剧作品《为了荣誉》最近取得成功。尽管作者名声在外，但是这个剧本仍然在过去的10年中一直被巴黎主要歌剧院的经理拒之门外。《查理的姑妈》也曾被所有剧院拒绝，最后终于在一位股票经纪人的赞助下登上舞台。

在法国，该剧上演达200多场，在伦敦更是高达1000多场。如果没有上述解释，即剧院经理不可能代替群体思考，我们便无法理解这类既有能力又竭力避免此类错误的人，为何会判断失误。我无法在此谈论这个问题，不过对于那些熟悉剧院事务、同时又是敏锐的心理学家的人，像作家弗朗西斯科·萨尔塞（Francisque Sarcey），这个问题是值得他们颇费笔墨的。

[7]这一观点仍然新意十足，不然历史会变得玄妙而晦涩。我曾在前本书《民族发展的心理学规律》中用4章篇幅对此进行阐述。因此读者会知道，尽管存在着一些让人误解的表象，然而构成文明的所有要素，如语言、宗教或是艺术，都不可能一成不变的从一个民族传入另一个民族。

[8]泰纳曾引用前国会议员弗卡罗（Fourcroy）的报告，清楚的说明了这一点。"保留礼拜日和上教堂的习俗随处可见，这说明多数法国人希望恢复旧习俗，而此时抗拒这种自然趋势是不适当的……大多数的人们需要宗教、公开的礼拜仪式和神父。就连我自己也曾和某些哲学家一样，误以为教育的普及也许可以消除宗教偏见，对于大多数不幸的人来说，这种宗教偏见可以让他们感到安慰。……因此必须允许群体有他们的神父、圣坛和公开的礼拜仪式。"

[9]甚至最先进的美国共和主义者都承认这一事实。美国杂志《论坛》最近对此观点做出了明确的表示，并刊登在了1894年12月的《评论之评论》中。在此我将这段话引述如下：我们决不应忘记，尤其是那些最热心反对贵族统治的人们，如今的英国是世界上最民主的国家，他们的个人权利受到极大尊重，个人自由得到最大发展。

[10]在大革命时期,对划分法国各政党深刻的宗教、政治分歧,尤其是许多社会问题结论以及法德战争中再次表现出大革命时期的分裂主义倾向做一比较,我们发现,法国各种族之间还远远没有融合在一起。革命时期有力的中央集权和为了加快各古老省份融合而设立的部门,无疑是他们最有效的措施。如果让今天那些短视的分权制得到实现,那将迅速导致异常血腥的混乱。无视这一点,就等于无视全部法国历史。

[11]这并不是拉丁民族特有的现象,中国同样如此。中国是一个由稳定的政府官员等级制统治的国家,与法国一样,要想做官必须参加考试竞争,而唯一的考核手段就是从容镇定的背诵应试书籍。在今天的中国,这支受过教育的失业大军被视为国家的真正灾难。

印度同样如此,自英国仅以教育当地居民而非以培养人才为目的的学校开办以来,一个受过教育的特殊阶层形成了,即"印度绅士"。因为不受雇佣,他们便成了英国统治的不和谐因素。这些"印度绅士"不论有无工作,教育对他们的首要影响是降低了他们的道德标准。

这一事实曾在本人《印度文明》一书中作了详细说明,而且所有来过这里的作家都注意到了这个事实。

[12]见泰纳:《现代政体》,第2卷, 1894年。这些几乎是泰纳最后的文字,他们极好的体现出这位伟大哲学家漫长而丰富的人生阅历。遗憾的是,在我看来那些未曾在国外生活过的大学教授是无法理解这些内容的。教育是我们能够在某种程度上影响国民思想的唯一手段。

在法国几乎没有人意识到,我们当前的教育制度是造成迅速衰败的重要原因,它非但没有使我们的年轻人得到提升,反而使他们变得低能而堕落。

我们可以把泰纳的这些话与保罗·布尔热(Paul Bourget)最近在其《海外》著作中对美国教育的观察做一次有益的比较。保罗也曾指出,我们的教育只能大量制造头脑狭隘、缺乏创造力和意志力的资产阶级或无政府主义者，“他们是两种同样有害的文明人，要么是缺乏行动力的陈词滥调，要么是疯狂的肆意破坏”，之后他又对制造退化产物的法国学校（公立学校），与美国为了使人更好生活的学校之间，进行了值得深思的比较。

经过比较后发现，真正的民主国家和那些自称民主却毫无民主思想的国家之间存在着巨大鸿沟。

[13]在本人《民族发展的心理学规律》一书中，详细谈论了拉丁民族和盎格鲁——撒克逊民族在民主理想上存在的差异。相对独立的，布尔热（Bourget）在旅行之后，在他的近作《海外》一书中得出几乎与我一致的结论。

[14]丹尼尔·勒叙厄尔（Daniel Lesueur）。

[15]群体意见是通过不同事物间的随意联想而形成的，前面已经解释过他的形成机制。当时，法国国民卫队是由一群温和顺从的店主组成的，他们纪律涣散，根本无法让人拿其认真对待。

只要套以相似名称的军队，都会引起人们产生同样的想法并认为他们是无害的。群体这种错误观念同时也为他们的领袖所有，而且常常会出现这种以偏概全的现象。

奥列弗（Ollivier）先生在其近期的一本书中引用了梯也尔（Thiers）先生于1867年12月31日在内阁中的一次讲话，他是一位追随群体意见的政治家，从为视徒不超越他们。内容宣称普鲁士除了拥有一支与法国力量相当的正规军外，只拥有一支与法国相似的国民卫队，并断言未来的铁路系统同样毫无价值，因此不足为惧。

[16]我第一次观察到群体几乎不受逻辑影响的现象，要追溯到法国围困时期，那一天我看见一群愤怒的人把一位元帅带到当时政府所在地卢弗，指控他竟然将防御工事出卖给普鲁士人。

一位政府的著名演说者出来并大声斥责那些要求立即处死这名囚犯的

群众。我以为这位演说者会指出这些指控的荒谬性,如这位被指控的元帅就是筑防者之一,而且这个防御计划已经到处有售。当时我还年轻,演说者的讲话完全出乎我的意料,让我瞠目结舌。演说者朝着囚犯大声呼喊,"正义会得到伸张的!无私的正义,让护国政府来决定你们的请求吧。这一过程我们会将其监禁看管起来。"

让步一经许诺,群体的愤怒立即被平息,继而散去,15分钟后这位元首便回到家中。如果演说者对这些愤怒的群体晓之以理,那么无疑,这位元帅肯定要被撕成碎片。而在当时年轻的我看来,只有推理论证才会令人信服。

[17]勒庞(Gustave le Bon):《人及其社会》第2卷,第116页,1881年。

[18]在各国都可以发现头衔、勋章和制服对群体的影响,甚至包括那些个人独立意识最发达的国家。就这一点,我将引述一些有关英国享有声望的大人物的记载,这些记载出自最近的一本游记。

"我发现在许多不同的场合下,即使最理智的英国人,只要因为和某位英国贵族沾亲带故或亲眼见到他,都会使他们兴奋不已。""假使一个人的财富能够维持他的地位,他就可以断定自己会受到爱戴。如果能和他交往,人们会欣喜的在他的手下忍受一切。当靠近他时,人们会高兴的面露羞赧,如果他同他们说话了,他们内心抑制不住的喜悦使他们满脸通红,眼中闪烁着异样的光亮。

可以这么说,对贵族的崇敬是他们共有的特征,就像西班牙人热爱舞蹈、德国人痴迷音乐、法国人热衷革命一样。他们对骏马和莎士比亚的热情就不那么强烈,因为这些东西带来的满足感与自豪感不是他们生活的主要部分。有关贵族的书籍随处可见,十分畅销,如同人手一册的《圣经》。"

[19]拿破仑深刻的认识到自己的声望后,他知道,要想进一步扩大自己的声望,对待自己身边重要的人物就要比对待马夫还不如,这其中包括国民

议会里一些知名人士，就连欧洲人对他们都畏惧三分。当时的许多街知巷闻都可以证明这一点。在一次国务会议上，拿破仑像对待一个粗野的男仆一样羞辱伯格诺（Beugnot）。效果达到了，他走过去说："喂，笨蛋，找到脑子了吗？"

伯格诺，一个个头有鼓乐队队长那么高的家伙，深深的弯下了腰，这个小个子举起手一把揪住他的耳朵，"多么令人兴奋的恩宠啊，这是仁慈的主人常见的举动。"伯格诺这样写道。

这些事例让我们清楚地认识到，声望可以产生多么低劣的陈词滥调。这就解释了为何暴君对其身边人的态度极度轻蔑，因为他只把他们看作"炮灰"。

[20] 维也纳《新自由报》，奥地利的一家报纸，曾就德·雷赛（de Lesseps）的命运作过十分深刻的阐述，其中的观点可谓是心理学上最睿智的见解。因此我将此引述如下：

在斐迪南·德·雷赛被定罪之后，人们无权再对哥伦布悲惨的结局感到惊讶。如果德·雷赛布是个骗子，那么所有高尚的幻想都是犯罪。远古的岁月会为德·雷赛布戴上荣耀的光环，让他饮下奥林匹斯山的甘露，因为他改变了地球的面貌，完成了使万物更加完美的著作。

上诉法院庭长因此将德·雷赛布定罪而成为不朽的人物，因为每个民族都需要一些有声望的人，他们不怕有损当代的声望而把罪名扣在一位为当代人争光的老人身上。

在大胆创举被憎恶的官僚统治下，不要大谈未来不可动摇的正义。民族需要敢于冒险的勇士，他们自信满满并不计个人安危的克服一切困难。天才不会小心翼翼，这样是无法扩大人类活动领域的。

斐迪南·德·雷赛尝过胜利的喜悦和挫败的辛酸——苏伊士和巴拿马。这一点上成功的道德观让他感到厌恶。当德·雷赛布成功的连接起两个海洋时,各国君主和不同民族都向他表示敬意。而如今,当他在安第斯山脉的岩石前失败了,他便只是个粗俗的骗子……在这个结局中,我们看到了社会各阶级之间的斗争,官员和雇员们的不满,他们利用刑法对那些卓尔不群的人施以报复……

当现代立法者面对人类天才的种种崇高思想时,常常左右为难,而民众对这些思想更是知之甚少。但对于一个大律师而言,证明斯坦利(Stanley)是个杀人犯、德·雷赛是个骗子是件轻而易举的事情。

[21]野蛮,是从哲学角度来说的。实际上它创造了一种崭新的文明,在1500年的时间里,让人们得以一窥无数令人痴迷的梦想与希望,而它此并无兴趣。

[22]译者注:这些评论请参阅法国报刊。

[23]从这一角度看,法国官方认可的历史教授写的一些文章显得十分奇特。他们同样证明了法国现行大学教育制度是多么缺乏批判精神。这里我将摘用索邦神学院历史教授兰姆波特(Rambaud)在《法国大革命》一书中的2段话引以为证:"攻占巴士底狱不仅是法国历史,也是欧洲历史上的一个转折点,并在世界史上开创了一个崭新的时代!"

关于罗伯斯庇尔,我们惊讶的看到:"他的独裁统治更多的是建立在舆论、劝说和道德威信的基础之上的,这是一种由品德高尚者掌握的教皇权位。"(分见第91页和第220页)

[24]顺便一说的是,陪审团本能地将罪行分为威胁社会和不威胁社会两种,这种划分是有好处的而且并非有失公正。刑法的目的显然是为了保护社会不受罪犯的破坏,而不是为了报复。而法国的法规,尤其在所有地方官的思想中仍深深充满了原始法律的复仇精神,"vindicte"一词("起诉",源自拉丁语"vindicta"——复仇)至今仍在日常生活中被频繁地使用。

地方官的这种倾向,可以在其多数人拒绝使用"贝朗热法"行为中得到证明。该法允许被判刑的人不用服刑,除非他再次犯案。统计数字已经证明,每个地方官都不可忽视这样一个事实,初犯者受到惩罚后一定会导致他再次犯案。当法官释放了一名判刑人员,对他们而言社会没有施行报复。他们不愿如此,而是宁可要一个危险的惯犯。

[25]实际上,地方法官是唯一行动不受控制的行政官员。尽管经过了多次革命的洗礼,民主法国并不拥有英国人引以为豪的人身保护权。我们消灭了所有专制者,可是却在每座城市设立了一位可以随意处置市民荣誉与自由的地方法官。

无足轻重的检察官(在英国没有类似的官职设置),是些刚从大学毕业的新人,拥有着令人厌恶的权力,他们无需向任何人交代,仅凭自己的猜测就可以将声名显赫的人物送入监狱。他们能以调查为由,将这些人关押半年甚至一年,最后毫无补偿或说明的将其释放。

在法国,司法许可证就像国王的敕令一样,不同之处在于,后者的权利只有身居高位的人才可以使用,因此受到了公正的指责;而司法许可证却是掌握在全体市民手中的利器,而市民远不是我们认为的那样开明、独立。

[26]无论委员会的名称是什么,社团、联合组织或是其他,都包含了群体力量形成的最可怕的危险。事实上它们无比冷漠,因此是最具压迫的专制形式。委员会领袖是代表集体发言并做出行动的,因此它们不负任何责任而且可以按照自己的选择行事。即使最残暴的专制者也不曾想过会拥有革命委员会的取缔权。

巴拉斯曾宣布,他们要对国民公会进行大刀阔斧的人员改革,随意裁减议员。只要罗伯斯庇尔还能代表他们发言,他就能继续行使绝对权力。当这个可怕的独裁者出于傲慢而远离他们时,这种绝对权力便消失了。群体统治与委员会的统治一样,都是群体领袖的统治,很难想象还有比这更严酷的专制。

[27] 以下是一位英国资深议员的看法,无疑他适用于那些事先持有的坚定且不会因选举需要而改变的意见。他表示:“在威斯敏斯特议会的50年里,我听了上千次的演说,却没有几个可以改变我的观点,而能使我改变投票的则一个也没有。”

[28] 译者著:克列蒙梭(Clemenceau)。

[29]1895年4月6日,该期《经济学家》发表了一篇值得玩味的评论,其中提供了仅仅出于竞选目的而造成铺设铁路的花费数据。为了把朗盖耶(一个有着3000居民的山区小镇)和普伊连接起来,投票通过建立一条耗资1500万法郎的铁路。

博蒙特(3500名居民)至卡斯特尔萨拉金段铁路耗资700万,奥斯特(523名居民)至塞克(1200名居民)段铁路耗资700万,普拉德至奥莱特村(747名居民)段铁路耗资600万,等等。仅1895年,就投票通过了9千万法郎用于地方铁路筑造。

还有一些同样出于选举目的考虑,而变得同样重要的开支。根据财政部长所言,工人养老金法律条款的制定将会带来每年至少1.65亿的财政支出;而院士利莱·博利厄(Leroy-Beaulieu)认为会这个数字会达到8亿。显然,这种不断增加的财政支出一定会走向破产。许多欧洲国家如葡萄牙、希腊、西班牙、土耳其,已经出现了这种局面;另一些国家如意大利也将步其后尘。

自从各个国家的民众已经不断答应缩减其80%的优惠券金额开始,这类情况的预警信号一直很多而不会没有人察觉。在允许财政平衡的独特环境下,破产是很难立刻将其恢复的。此外,我们正在经历一个全球性分崩离析的时代,战争、经济矛盾为我们预备了大量的潜在灾难,对无法掌控的明天无需太过担忧,我们必须做的就是生活。